KB237123

무정철협

월인 新무협 판타지 소설

FANTASTIC ORIENTAL HEROES

무정철협 1

월인 新무협 판타지 소설

초판 1쇄 찍은 날 § 2013년 1월 3일
초판 1쇄 펴낸 날 § 2013년 1월 10일

지은이 § 월인
펴낸이 § 서경석

편집부장 § 권태완
편집책임 § 박우진

펴낸곳 § 도서출판 청어람
등록번호 § 제1081-1-89호
등록일자 § 1999. 5. 31
어람번호 § 제2-2294호

주소 § 경기도 부천시 원미구 심곡2동 163-2 서경B/D 3F (우) 420-822
전화 § 032-656-4452 팩스 § 032-656-4453
http://www.chungeoram.com
E-mail § chungeorambook@daum.net

ISBN 978-89-251-3132-0 04810
ISBN 978-89-251-3131-3 (세트)

무정철협

無情鐵俠

월인 新무협 판타지 소설

FANTASTIC ORIENTAL HEROES

1

기연(奇緣)

도서출판 청어람

目次

서장

    어머니는 자신의 모진 운명을 아들에게 물려주지 않기 위해 이름도 모를 산골마을로 들어와 온갖 고난을 무릅쓰고 아들을 키웠다.

    또한 못난 인간으로 자라지 않게 하기 위해 누구보다 엄한 음성으로 아들을 가르쳤다.

    덕분에 나는 하루에 두 끼도 제대로 못 먹고 살았지만 단 한 번도 도리에 어긋난 짓은 하지 않았으며, 신세를 지면 어떤 일이 있더라도 갚고자 했다.

    그리고 한번 한 약속은 목숨을 걸고라도 지켰다.

    그것을 어려운 일이라고 생각해 본 적이 없다.

사람으로 태어나 당연히 지켜야 할 일이라고 생각했다.

하지만 내가 살았던 곳과 비교도 할 수 없이 풍족한 세상에서 사는 사람들은 그것을 하늘의 별따기만큼 어려운 일이라고 떠들며 나를 철협이라 불렀다.

철협이라…….

내가 과연 그런 칭호를 들을 자격이 있을까?

세상 사람들이 나를 어떻게 부르든 그건 상관없다.

나는 어린 시절 어머니께서 가르치신 대로 물 한 사발의 은혜를 입었으면 피 한 사발로 갚고자 했고, 한 번 입 밖으로 내뱉은 말은 꼭 지키려 했다.

그런데 세상에는 나와는 정반대로 생각하는 사람들이 너무 많았다.

특히 강호라는 어지러운 세상에서는 더욱 그랬다.

자신은 아무것도 지키지 않으면서 남에게는 모든 것을 지키도록 강요했다.

그들은 약자 앞에서는 한없이 강하게 행동했지만 강자 앞에서는 낳은 지 얼마 안 되는 강아지처럼 온순했다.

또한 그들은 강호에서는 힘이 곧 정의고, 강한 자의 논리가 진리라는 말을 몸소 실천에 옮겼다.

그런 인간들은 언제나 약한 사람들이 가진 것을 빼앗았으며 세상을 혼탁하게 만들었다.

신의는 초개와 같이 버렸고 온갖 음모와 술수로 친구들마저 죽음으로 몰아넣었다.

그런 인간들과 대적했을 때 나는 단 한 줌의 자비도 베풀지 않았다.

어떤 마인보다 더 잔혹하게 검을 휘둘렀고 천운으로 목숨을 부지했다고 해도 평생 방 안에서만 생활할 정도로 만들어버렸다.

삭초제근(削草制根)!

잡초는 뿌리를 내리고 씨를 퍼뜨리기 전에 뽑아버려야 한다.

그래야 선량한 사람들이 불행해지는 일을 조금이라도 더 줄일 수 있다.

그것이 내 신념이었고 또 내 사부님의 가르침이었다.

언제나 잡초를 제거하듯 그렇게 비정하게 검을 휘두르자 사람들은 자신들이 처음 지은 내 별호 앞에 '무정(無情)'이라는 단어 하나를 더 추가했다.

그리하여 나는 무정철협(無情鐵俠)으로 불리게 되었다.

추락(秋落)
第 一 章

어머니께서 돌아가셨다.

아침에 자고 일어나니 어머니의 몸은 싸늘하게 식어 있었다.

어머니는 이 넓은 하늘 아래에서 소년의 유일한 혈육이자 보호자였다.

엄밀히 말하면 열 살 때까지는 어머니가 소년을 보호했고 그 이후부터는 소년이 어머니를 보호해 왔다.

언제나 파리하던 안색!

기억 이전부터 하루도 끊이지 않았던 기침!

최근 들어서는 각혈까지 심하게 했다.

며칠 전, 그녀는 자신의 생명이 얼마 남지 않았음을 예견했는지 그동안 한 번도 보지 못했던 철패 하나를 소년에게 건네주며 언젠가 어려운 일이 있으면 이걸 가지고 하남성 정주(鄭州)에 있는 유씨세가(柳氏世家)로 찾아가라는 당부와 함께 유씨세가 가주의 이름까지 가르쳐 주었다.

언젠가 유씨세가의 자제에게 도움을 주고 그 철패를 받았는데 그곳으로 가면 크게 환영받지는 못해도 밥은 굶지 않을 것이란 말도 덧붙였다. 그 말과 함께 어머니는 더 이상 설명을 이어가지 못하고 심한 기침과 함께 각혈을 했다.

소년은 얼른 그러겠다고 대답했지만 깊이 새기지는 않았다.

이미 자신의 밥벌이는 하고도 남았다. 자신의 밥벌이에 더해 만만치 않은 어머니의 약값까지 충당했었다.

그러니 밥을 얻어먹고자 굳이 그곳까지 갈 이유가 없었다.

어머니의 유언이나 마찬가지인 당부이니 언젠가는 철패에 대해 되새겨 봐야겠지만 지금은 어머니를 돌보는 것만 생각할 때였다.

어머니의 기침은 더욱 심해졌다.

소년은 얼른 어머니를 아랫목에 눕혔다.

그렇게 쓰러진 소년의 어머니는 혼수상태에 빠졌다가 깨어나지 못하고 돌아가셨다.

누군가 죽는다는 것!

언제 어디에서나 일어나는 일이었고, 얼마 전부터는 각오까지 하고 있던 일이었다. 그러나 막상 자신에게 그 일이 닥치고 보니 온몸에 기운이 다 빠져나간 것처럼 무기력해졌다.

당장 무엇을 해야 할지 아무 생각도 떠오르지 않았다. 설령 무슨 생각이 떠오른다 할지라도 완벽하게 무기력해진 몸이 말을 듣지 않을 것 같았다.

소년은 한참 동안 아무것도 하지 않고, 아니, 아무것도 하지 못하고 어머니의 시신만 내려다보며 멍하니 앉아 있었다.

곡을 해야 할까?

기력이 다 빠져나간 것 같은 몸뚱어리에서는 슬픔의 감정마저도 짜낼 수 없었다.

향을 피우고 지전을 태우며 육신을 떠나는 망자의 혼을 배웅해야 할까?

여전히 아무것도 할 수가 없었다.

반 시진도 넘게 우두커니 앉아 있던 소년은 자리에서 일어섰다. 자신으로서는 아무것도 할 수 없으니 남의 도움을 받을 수밖에 없었다.

휘이잉!

문을 열자 칼날 같은 삭풍이 밀어닥쳤다.

소년은 얼른 문을 닫았다.

삭풍만큼 차갑게 식어버린 어머니의 시신이었지만 무방비

상태로 맞게 해서는 안 될 것 같았다.

　소년은 걷어냈던 이불을 어머니의 머리끝까지 덮어주고는 다시 방문을 열었다. 다행히도 거친 바람은 지나가고 잔바람만 스며들었다.

　문을 닫은 소년은 옆집을 향해 석상처럼 걸어갔다.

　"어머니께서 돌아가셨습니다."

　옆집 노인 앞에 선 소년은 어머니의 시신만큼이나 식어버린 음성으로 말했다.

　마당을 쓸던 노인의 신형이 흠칫 굳어졌다. 잠시 동안 노인 역시 소년처럼 무기력증에 빠진 듯한 모습이었다.

　"할멈! 이봐, 할멈!"

　무기력증에서 벗어난 노인이 집 안을 향해 고함을 질렀다. 노인의 목소리는 심하게 갈라져 있었다.

　노파가 부엌에서 손을 닦으며 걸어 나왔다.

　"옆집 버들네가 생을 하직한 모양이야."

　옆집 노인 부부는 소년의 어머니를 언제나 버들네라 불렀다.

　평소 하늘거리며 걷는 모습이 버들가지를 닮았다고 해서 그렇게 불렀다. 소년의 어머니가 그렇게 걷는 것은 허약한 몸을 조금이라도 더 편하게 지탱하기 위해서였다.

　부음을 들은 노파 역시 잠시 동안 무기력증에 빠져들었다.

"아이고!"

잠시 후 노파가 마당에 주저앉으며 곡을 했다.

자식이 없는 노인 부부는 소년의 어머니를 친딸처럼 생각했다. 소년의 어머니 역시 그들 부부를 친부모처럼 의지했다.

처음에는 짤막한 비명처럼 터져 나왔던 노파의 울음소리가 긴 통곡성으로 변해갔다.

비로소 슬픔의 감정이 소년의 가슴으로 스며들었다.

바늘 끝만큼 가늘게 스며들어 온 슬픔의 물줄기는 순식간에 폭포수처럼 거세어졌다.

"엉엉!"

어깨만 들썩이던 소년도 조금씩 소리를 내며 울었다.

어머니의 장례가 끝나고 나서 소년은 다시 무기력증에 빠져들었다.

며칠 동안 어머니의 방에서 잠만 잤다.

노인 부부가 가져다준 음식도 죽지 않을 정도만 먹고 하루 종일 잠에 빠져들었다.

소년이 무기력증을 털고 일어난 것은 어머니의 장례를 치르고 보름이 더 지난 후였다.

방 밖으로 나온 소년은 약초 바구니를 어깨에 메고 산으로 올랐다.

산으로 오르는 소년의 발걸음은 예전과 별로 달라 보이지 않았다.

"이젠… 고아가 된 것인가?"

산꼭대기에 오른 소년은 마을을 내려다보며 중얼거렸다.

겨우 열네 살!

넓은 세상에 홀로 남겨지기엔 너무 이른 나이였다.

그러나 반대로 생각해 보면 밥벌이를 할 나이가 될 때까지 키워준 사람이 있었던 자신은 날 때부터 고아인 사람들에 비해 유복하다 할 수 있었다.

최근 몇 년 동안 어머니는 오히려 소년에게 큰 짐이었다. 그러나 그 짐의 무게 때문에 휩쓸려 가지 않고 제자리에 서 있을 수 있었다.

그 짐이 어깨에서 내려진 지금, 몸은 훨씬 가벼워졌지만 세찬 물줄기 속에서 무거운 바위를 내려놓은 것처럼 다리는 더 후들거리고 기력마저 빠져나가 중심을 잃고 쓰러져서 어딘가로 휩쓸려 떠내려갈 것 같았다.

소년은 바위 옆쪽에 서 있는 소나무 가지를 움켜잡아 아무런 무게감 없이 자꾸만 허공으로 솟구치려하는 몸을 내려앉혔다.

바람 한 줄기가 이마를 할퀴었다.

혹한은 지나갔지만 아직까지도 칼날 같은 냉기를 그대로 간직한 바람이었다. 그 바람에 어머니의 체취가 스쳐 가는 것 같아 소년은 고개를 돌렸다.

등 뒤에는 인적 없는 산등성이만이 끝없이 이어져 있었다.

저 산등성이는 하남성 정주라는 지방까지 이어져 있을까?

문득 그런 궁금증에 소년은 고개를 길게 빼었다가 품속으로 손을 넣었다.

품속을 빠져나온 소년의 손에는 어머니의 유품인 철패가 들려 있었다.

평범한 재질의 쇠에, 조금 복잡한 문양이 새겨진 것밖에는 별다른 특징이 없는 철패였다.

소년은 그 문양을 물끄러미 쳐다보았다.

어머니로부터 건네받을 때까지 자신은 한 번도 본 적이 없는 물건이었지만 어머니는 그것을 틈틈이 꺼내어 보고 닦았는지 철패의 표면은 녹 한 점 슬어 있지 않았다.

'대체 이 철패는 무엇일까?'

소년은 다시 한 번 궁금증을 느꼈다.

어머니는 이 철패에 대해 더 해줄 말이 있는 것 같았지만 터져 나온 기침 때문에 말을 멈출 수밖에 없었다.

가물거리며 꺼져가던 육신은 마지막 말조차 다하지 못하고 스러져 간 것이다.

결국 철패는 그 존재 자체 외에는 아무것도 알 수 없는 물건으로 남았다.

소년은 철패를 품속에 다시 갈무리했다.

언젠가 이것을 들고 정주의 유씨세가로 갈지, 아니면 영원히 정체 모를 물건으로 놓아둘지는 알 수 없었다. 지금은 그곳으로 가고 싶어도 여비가 없어서 불가능했다.

오늘부터는 또다시 부지런히 약초를 캐고 돈을 모아야 했다. 그동안은 돈을 모을 엄두를 내지 못했지만 이젠 조금씩이나마 모을 수 있을 것 같았다.

돈을 모아서 어머니의 장례를 치르느라 옆집 강 노인 부부가 진 빚을 갚아줄 것이다. 강 노인 부부는 그걸 원치 않을 것이지만 그건 당연히 자신이 해야 할 일이었다.

바위에서 일어선 소년은 옆쪽에 있는 절벽으로 시선을 돌렸다.

아직 눈이 하나도 녹지 않은 절벽이었지만 그곳에는 약초가 제법 있었다. 이런 눈을 뚫고 나오는 약초는 그 생명력만큼이나 효력도 강해서 값도 실하게 받을 수 있다. 하지만 눈이 녹지 않고 오히려 얼음처럼 단단하게 덮인 곳이라 훨씬 위험했다.

소년은 일찍부터 그곳에서 약초를 캐었다.

절벽 안쪽은 어른도 접근하기 힘들었기에 보통의 아이들이 그곳에서 약초를 캐는 것은 상상할 수도 없는 일이었다. 하지만 소년은 보통의 아이들과 다르게 행동할 수밖에 없었다. 다르지 않으면 살아갈 수가 없었기에 다른 소년들로서는 상상조차 할 수 없는 일도 해야만 했다.

처음에는 힘들었지만 소년은 어느덧 밧줄 하나를 허리에

묶고 절벽 안쪽에 접근할 수 있었다. 그 후로 다른 아이들보다 훨씬 많은 약초를 캘 수 있었다.

스윽—

슥!

밧줄 한쪽 끝을 단단한 나무등치에 묶고 밧줄 중간쯤을 허리에 감았다. 그리고 나머지 부분은 아래로 늘어뜨렸다.

허리에 감긴 밧줄을 조심스럽게 풀며 아래로 내려갔다.

단단하게 굳어진 눈이 얼음처럼 미끄러웠다. 그러나 소년은 아랑곳하지 않았다.

소년에게 있어서 삶은 매순간이 낭떠러지처럼 삭막하고 위험했다.

오늘은 예전처럼 어떤 일이 있어도 어머니 약값을 충당할 만큼 캐어가야 한다는 부담감이 없어 몸이 훨씬 가볍게 느껴졌다.

주르륵—

줄을 좀 더 풀고 훨씬 아래쪽의 절벽으로 내려갔다.

이곳은 아직 한 번도 오지 않았던 곳이었다.

위험부담이 크고 시간도 많이 지체되는 곳이었기에 아무것도 캐지 못하고 허탕을 친다면 그 여파가 고스란히 어머니에게 돌아갈 수밖에 없었다. 그래서 이제까지는 섣불리 내려설 시도를 하지 못했다.

소년은 조심스럽게 계곡의 가장 위험한 곳까지 발을 들여

놓았다.

　햇볕이 들지 않는 곳이라 그런지 그곳은 온통 눈으로 덮여 있어 발을 디딜 곳조차 마땅치 않았다.

　'도로 올라갈까?'

　소년은 잠시 갈등했다.

　절벽 안쪽은 생각보다 더 어둡고 추웠다. 이런 응달진 곳에서 살아날 식물이 있을 것 같지도 않았다. 약초를 찾는다는 목적보다는 오히려 뭔가 색다른 것에 집중하며 텅 빈 가슴을 달래어보려던 생각이 이곳까지 몸을 이끌었으나 소득은 없었다.

　소년은 절벽 위쪽을 쳐다보았다.

　아찔한 낭떠러지가 하늘을 가리고 있었다. 다시 올라갈 때 가더라도 조금 쉬며 힘을 비축해야 했다.

　소년은 응달 안쪽으로 조금 더 몸을 이동시켰다.

　그곳에도 눈이 덮여 있기는 마찬가지였지만 바위틈에 몸을 끼우고 조금 쉴 수는 있을 것 같았다.

　겨우 한 사람이 들어갈 만한 틈에 몸을 끼운 소년은 길게 한숨을 내쉬었다.

　어느새 이마에는 땀이 송골송골 맺혀 있었다.

　소매로 땀을 훔친 소년은 등에 맨 망태기를 풀었다. 그 속에는 작은 호미와 소도, 여분의 밧줄, 대나무로 만든 물통, 그리고 주먹밥이 두 개 들어 있었다.

주먹밥 한 개를 꺼낸 소년은 그것을 입으로 가져갔다.

더운밥을 헝겊으로 싸서 망태기에 넣어 왔으나 주먹밥은 이미 얼음처럼 차갑게 식어 있었다.

소년은 그것을 천천히 씹었다.

간도 제대로 하지 않은 주먹밥이 마치 얼음 알갱이처럼 느껴졌다.

한참을 씹고 나니 맛이 느껴졌다.

소년은 주먹밥 한 개를 다 먹고도 일어나지 않았다.

까마득한 낭떠러지 중간의 바위틈이 어쩐지 어머니 품속같이 아늑했다.

그러고 보니 이 절벽은 어머니의 품을 닮았다.

아늑함과 함께 위태로움도 같이 느끼게 해주던 품!

익숙한 체향과 함께 어김없이 스며들던 스산한 바람 냄새!

그건 이별의 냄새였을까?

아니면 죽음의 냄새?

전신으로 다시 무기력증이 밀려왔다.

소년은 얼른 몸을 일으켰다.

'뭐지?'

소년은 눈을 가늘게 떴다.

햇살 한 줄기가 스며드는 곳으로 이질적인 색감이 번져갔다.

피처럼 붉은색의 꽃잎이 뿜어내는 색감이었다.

이런 곳에 만개한 꽃이 있다니?

소년은 눈을 끔벅거렸다.

색감은 유혹처럼 더욱 붉은 빛을 뿜어냈다.

꽃이 핀 곳은 하루 중 이 시간에만 해가 조금 들 것 같았다. 그 햇살만 받고도 저 풀포기는 저런 아름다운 꽃을 피워낸 모양이었다.

소년은 홀린 듯이 꽃이 있는 곳으로 몸을 움직였다.

바닥이 빙판처럼 미끄러웠기에 소년은 밧줄에 몸을 의지한 채 아주 천천히 핏빛 꽃을 피워 올린 풀포기 쪽으로 다가갔다.

어느덧 꽃이 지척으로 다가왔다.

가까이서 보니 훨씬 아름다운 꽃이었다.

이제껏 많은 꽃과 약초를 보아왔지만 이런 것은 처음이었다. 이렇게 선명한 색상의 꽃잎은 앞으로도 쉽게 마주칠 수 없을 것 같았다. 핏빛 꽃잎은 살짝 건드리기만 해도 선혈을 뚝뚝 떨어뜨릴 것처럼 붉었다.

소년은 한참 동안 그 선명한 핏빛에 빠져들었다.

'약효는 있을까?

화려한 꽃을 피우는 식물일수록 약효는 별로였다.

은은한 빛과 옅은 향기를 품거나, 아니면 아예 꽃을 피우지 않고 그 영양분을 모조리 뿌리에 간직한 식물이 약효가 더 강했다.

어쨌든 이곳까지 내려와서 아무 소득 없이 되돌아가는 것은 허망했다. 소년은 조심스럽게 호미를 꺼내 풀포기 앞으로 가져갔다.

풀포기는 바위틈 속에 뿌리를 내리고 있었다. 작은 호미로 바위틈을 쪼개고 뿌리를 아무 훼손 없이 파낼 수는 없을 것 같았다. 지금 상황에서 최선의 방법은 호미를 사용하는 것보다 손으로 줄기를 잡고 조심스럽게 뽑아내는 것이었다.

한 손으로는 밧줄을 강하게 움켜잡고 다른 한 손으로 풀포기의 줄기를 잡았다.

뜨끔—

손끝에 아릿한 통증이 느껴졌다. 육안으로는 보이지 않았는데 줄기 어느 곳에 가시가 있었던 모양이었다.

가시를 빼낼 양으로 손을 들어 올린 소년은 몸속의 피가 모조리 역류하는 느낌을 받았다.

눈처럼 하얀 몸체가 차라리 투명하게 느껴지는 뱀 한 마리!

핏빛 꽃잎을 피워 올린 풀포기의 뿌리 부분에서 그놈이 고개를 내밀고 차가운 눈으로 소년을 쳐다보고 있었다.

손가락 끝에 뜨끔하던 통증은 가시가 아니라 그놈의 독니 때문이었다.

갑자기 심한 갈증이 느껴지며 온몸이 달아올랐다. 그와 함께 몸의 감각도 둔해지는 것 같았다.

소년은 본능적으로 아래로 늘어뜨리고 있던 줄을 끌어당겨 허리 어림에 몇 바퀴 감은 후 강하게 매듭을 지었다.

만약 몸이 마비되어 밧줄을 놓더라도 밧줄에서 미끄러져 내리지 않게 하기 위해서였다.

다행히 마비의 증세는 빨리 진행되지 않았다. 대신 참을 수 없는 열기와 갈증이 해일처럼 몰려왔다.

소년은 얼른 대나무 수통을 끄집어내어 물을 마셨다. 그러나 지금 느껴지는 이 갈증은 물로 해결될 것이 아니었다.

뱀의 독이 온몸에 퍼지면서 느껴지는 불같은 갈증!

세상에서 이런 갈증을 해소시켜 줄 수 있는 것은 없어 보였다.

장강의 물을 다 끌어 마신다 해도 해결될 수 없는 처절한 갈증이 혈맥 곳곳으로 휘몰아쳤다.

"으으윽!"

소년은 마침내 비명을 토했다.

시야가 흐려오기 시작했다.

그와 함께 의식도 흐려왔다.

흐려지는 의식 속에서 소년은 핏빛 꽃잎 속에 있는 핏빛 액체를 마시면 이 갈증이 해소될 것 같은 느낌을 받았다. 그건 이유를 설명할 수 없는 본능 같은 것이었고 의식이 흐려질수록 그 본능은 더 강렬하게 솟구쳤다.

소년은 다시 손을 뻗었다.

투명한 색깔의 뱀이 한 번 더 손목을 물었다.

이미 한 번 물렸으니 더 이상은 몇 번이라도 마찬가지였다. 단지 독의 기운이 조금 더 증가될 뿐이었다.

소년은 풀포기의 줄기를 끌어당겼다. 그러자 뱀이 회오리처럼 손목을 감았다.

채 세 뼘도 되지 않는 놈 같았는데 그 조이는 느낌은 쇠줄이 감기는 것처럼 질겼다.

소년도 뱀의 목을 움켜쥐었다. 그리고는 다른 한 손으로 다시 풀줄기를 잡아당겼다.

미리 밧줄에 매듭을 지어놓은 것이 천만다행이었다. 그렇지 않았으면 꼼짝없이 절벽 아래로 떨어졌을 것이다.

소년은 덜덜 떨리는 손으로 핏빛 꽃송이를 잡았다. 감각은 없었지만 선명한 핏빛이 당겨오는 것을 흐려지는 시야로 느낄 수 있었다.

이제는 손을 입으로 가져가기 힘들 정도로 몸이 둔해졌다.

소년은 필사적으로 핏빛 꽃잎을 입속으로 우겨넣었다.

시력마저 거의 떨어져 꽃잎이 잎으로 들어갔는지, 중간에서 놓쳐 절벽 아래로 떨어졌는지조차 구분이 되지 않았다.

언뜻 지독한 갈증도 해소되는 것도 같았다. 아니, 더 심해지는 것도 같았다.

의식은 점점 흐려졌고 갈증인지 통증인지 모를 느낌이 아랫배에서 꿈틀거렸다.

"아아악!"

소년은 절벽이 무너져라 고함을 질렀다.

고함이 끝나기도 전에 소년의 의식은 절벽 아래로 추락했다.

第二章　실명(失明)

너무 추웠다.

그리고 너무 더웠다.

그 상반된 두 가지의 느낌이 쉴 새 없이 반복되었다.

정신을 차리려고 했지만 내부에서 들끓어 오르는 열기와 한기가 의식을 혼몽하게 만들었다.

정신을 차리고 잃기를 얼마나 반복했을까?

귓가로 두런거리는 목소리가 들려왔다.

옆집 강 노인 부부의 목소리와 다른 사람의 목소리도 들렸다.

소년 이한성(李寒星)은 천천히 눈을 떴다.

아직도 꿈이 깨지 않은 모양이었다.

사방은 아무것도 보이지 않는 암흑뿐이었다.

"정신이 드느냐?"

강 노인의 다급한 목소리가 들렸다.

꿈은 아닌 모양이었다. 그러나 여전히 사방은 암흑천지였다.

"아이구! 정신이 든 모양이구나. 천지신명님 감사합니다!"

노파의 목소리도 들렸다. 그리고 다른 마을사람들의 목소리도…….

"어쩌자고 그런 위험한 곳까지 내려갔느냐? 밧줄에 대롱대롱 묶인 채 정신을 잃고 있는 것을 황삼이 구해왔다."

황삼(黃三)은 사냥꾼이었다.

약초를 캐러 다니는 길에 산에서 몇 번 만나 같이 다닌 적도 있는 홀아비였는데 털보에 힘이 장사였다. 그래서 밧줄을 끌어당겨 자신을 구한 모양이었다.

"고맙습니다. 황 아저씨."

소년은 구명지은에 대한 인사를 차렸다.

다행히 목소리는 흘러나왔다.

"이 겁없는 놈아! 거기가 어디라고… 쯧쯧!"

황삼이 여러 번 혀를 찼다.

"그런데 제가 얼마나 누워 있었습니까?"

이한성은 대상을 정하지 않은 질문을 던졌다.

"꼬박 칠 주야 동안 의식을 잃고 있었다. 몸은 괜찮은 것이냐?"

황삼이 답했다.

칠 주야라면 짧은 시간이 아니다.

그동안 몸속에 무슨 일이 일어난 것일까?

희귀한 풀포기를 뽑으려다 예사롭지 않은 독사에 물렸다.

길이가 짧고 머리가 세모꼴일수록 맹독을 가진 독사다. 거기다가 백사라면 더더욱 맹독을 가졌을 것이다.

그런 독사에 물렸으니 십중팔구는 죽었어야 했다.

그런데 죽지 않았다.

지독한 갈증에 풀줄기에 핀 핏빛 꽃잎을 따먹고 정신을 잃었는데 살아났다.

'그 꽃잎이 독사의 독을 중화시킨 것일까?

이한성은 몸 이곳저곳을 움직여 보았다.

중독의 기운도 없었고, 통증도 없었다. 팔다리를 움직일 때마다 몸에서 기이한 열기가 느껴진다는 것이 조금 달랐다.

몸은 괜찮았지만 여전히 사방은 암흑천지였다.

중독과 함께 시력을 잃어버린 것이다.

이한성은 자신이 시력을 잃었다는 사실을 숨겼다. 그러나 그것은 반나절이 지나기도 전에 들통이 났다.

갑자기 눈이 보이지 않자 뒷간을 가는 것도 힘들었다.

자신의 집이 아니고 강 노인 집이라 더 그랬다.

뒷간 문 앞에 도착하기도 전에 무언가에 몇 번을 부딪혔고 시력을 잃었다는 것이 들통 났다.

강 노인 부부와 황삼, 그리고 온 동네 사람들이 모두 걱정을 하며 혀를 찼지만 이한성은 크게 동요하지 않았다.

눈이 안 보인다고 죽는 것도 아니다.

그리고 아직은 영원히 시력이 돌아오지 않는다는 확증도 없었다.

불행히도 영영 시력을 잃었다면 그에 따라 또 다르게 살아가는 방법이 있을 것이다.

하루가 지나고 이틀, 사흘…….

열흘이 지나도 시력은 돌아오지 않았다.

이젠 희망은 버려야 할 것 같았다.

언젠가는 시력이 돌아올 것이라는 희망은 잃지 않더라도 우선은 눈 없이 살아가는 방법은 익혀야 했다.

강 노인 집에서 며칠을 더 지낸 이한성은 자신의 집으로 거처를 옮겼다.

눈에 의지하지 않고 살아가기 위해서는 조금이라도 더 낯익은 곳이 나았다.

강 노인 부부는 자신의 집으로 거처를 옮기겠다는 이한성을 처음에는 말렸지만 그의 뜻을 알고 나자 수긍을 했다. 대신 끼니때는 자기네 집으로 와서 먹으라고 했다.

이한성은 고개를 끄덕였다.

끼니마저 자신 손으로 해결할 정도로 숙달이 될 때까지는 도움을 받을 수밖에 없었다.

강 노인 부부 집에서 자신의 집까지는 채 서른 발자국도 되지 않았다. 강 노인 부부 집 사립문 끝에서 잠시 멈춘 후 기억에만 의존한 채 조심스럽게 걸음을 옮겼다.

기억 속에서 자신의 집이 떠올랐고 사립문이 바로 앞에 다가왔다고 느끼는 순간 이한성은 걸음을 멈추었다.

손을 뻗어보았다.

분명히 바로 앞에 사립문이 있어야 하는데 만져지지가 않았다.

눈이 보인다는 것과 안 보인다는 것은 이만큼 큰 차이가 있는 것이다.

만약 자신이 지금 절벽 위에 있다면 틀어져 버린 감각으로 죽음에 직면했을 것이다.

그걸 생각하니 갑자기 뇌리 속의 모든 기억이 흐트러지며 먹구름이 밀려오는 것 같았다.

이한성은 심호흡을 했다.

절벽 중간에서 더 내려갈 수도 없고, 그렇다고 다시 올라갈 수도 없는 상황을 맞으면 잠시 모든 움직임을 멈추고 그렇게 심호흡을 했다. 그러면 먹구름처럼 덮쳐 오던 공포감은 사라지고 발 디딜 곳 한곳을 발견할 수 있었다.

그 한 개의 발 디디 곳을 찾으면 그다음 발 디딜 곳도 찾을 수 있었다.

절벽을 한꺼번에 다 내려간다고 생각하면 먹구름처럼 엄습하는 공포감에 도저히 성공할 수 없다. 그럴 땐 일단 한 발짝부터 옮기는 것만 생각한다. 그다음은 한 발짝을 옮긴 후 다시 생각한다.

그렇게 한 발씩만 생각하며 옮기다 보면 어느새 바닥에 닿아 있었다.

약초를 캐며 이한성은 만장 같은 크기의 공포감을 그렇게 분산하며 맞서는 법을 배웠다.

심호흡을 몇 번 하자 온통 헝클어진 기억이 되살아났다.

조금 틀어지긴 했겠지만 사립문은 근처에 있을 것이다. 그것을 찾아, 그곳으로부터 기억을 되살리면 된다.

이한성은 손을 내밀어 사방으로 휘저었다.

턱!

기억 속의 사립문이 손끝에서부터 선명하게 되살아났다.

금방 허물어질 듯한 뼈대와 그 뼈대 중간을 엮은 성긴 가지들······.

모든 것이 기억 속에 있던 그대로였다.

자신과 어머니의 손때가 고스란히 묻어 있는 사립문의 손잡이가 가슴에 사무치도록 반가웠다.

이한성은 사립문을 기억 속에서 재탄생시키려는 듯 세세

히 만졌다.

기억 속에 있던 사립문이 손끝에서 재생되며 예전보다 훨씬 더 선명하게 뇌리 속에 각인되었다.

사립문을 들어선 이한성은 어머니 방 방문 쪽으로 고개를 돌렸다.

시력을 되찾은 것처럼 방문이 나타났다.

이한성은 방문을 향해 조심스럽게 걸음을 옮겼다.

방문 고리를 향해 손을 뻗었다.

이번에도 손에 잡히는 것은 텅 빈 허공뿐이었다.

뇌리 속의 기억이 다시 흐트러지며 먹구름이 몰려오는 것 같았다. 그러나 이번에는 사립문 앞에서 느낀 것보다 훨씬 빠르게 먹구름이 걷혔다.

허공으로 손을 내저었다.

턱—

문이 손에 닿았다.

문고리는 처음 손을 내민 곳보다 한 뼘 정도 앞에, 그리고 또 한 뼘 정도 오른쪽에 있었다.

이한성은 방문을 열고 방 안으로 들어갔다.

아직 어머니의 체취가 남아 있었다.

기억 속에서 어머니는 바느질을 하며 방 한쪽에 앉아 있었다.

이한성은 한참 동안 어머니의 모습을 쳐다보다가 어머니

에게로 다가갔다.

어머니의 얼굴을 더듬는 손끝에 텅 빈 허공이 걸리며 어머니의 모습도 사라졌다.

무기력증이 다시 찾아오는 것을 느낀 이한성은 어머니의 방에서 나와 자신의 방으로 들어갔다.

어머니의 방도 익숙했지만 자신의 방이 더 익숙했다.

방 한가운데에 선 이한성은 눈이 보이기라도 하는 것처럼 고개를 돌리며 방 안을 훑었다.

익숙한 정경들이 바로 앞에 환히 펼쳐졌다.

작은 침상!

침상 옆의 탁자!

탁자 옆으로 골동품 같은 벽장, 그리고 그 옆으로 작은 쪽문!

빗물에 젖고 빛이 바랜 벽지!

옷을 걸어두기 위해 벽에 찔러 넣은 나무못!

그 모든 것들이 환하게 떠올랐다.

세상에서 이곳만큼은 시력을 잃었거나 그렇지 않거나 상관이 없는 곳이다.

이한성은 걸음을 옮겼다.

손끝에 벽이 닿았다. 그리고 손가락 한마디쯤 옆으로 나무못이 만져졌다.

가장 익숙한 이곳에서는 틀려도 손가락 한 마디 정도밖에 차이가 나지 않았다.

　몸을 돌린 이한성은 다시 손을 뻗었다. 이번에도 침상의 모서리가 손가락 한 마디 정도의 차이밖에 나지 않으며 만져졌다.

　손을 옆으로 뻗었다.

　탁자의 가장자리가 정확히 만져졌다. 다시 침상 모서리로 손을 뻗어 몇 번 거듭하자 보고 만지는 것처럼 정확히 만져졌다.

　시력을 영원히 잃어버릴지 아니면 언젠가 되돌아올지 모르겠지만 그때까지는 다른 감각에 의존하여 살아갈 수밖에 없다. 최대한 다른 감각을 일깨워서 눈을 대신해야 한다는 생각이 뇌리를 스쳤다.

　이한성은 등을 돌리고 다시 몸을 움직였다.

　탁자에 손을 갖다 댄 이한성은 서랍을 뺐다. 그리고 그 안에 몇 가지 물건 중에서 송곳을 잡았다.

　그것은 그냥 어느 집에서나 있는 평범한 모양의 송곳이었다. 그것을 손에 든 이한성은 천천히 일어섰다.

　이한성은 송곳을 반대쪽 벽에다 꽂았다. 그리고 뒤로 물러났다가 걸음을 옮겨 송곳 끝에 손가락을 갖다 댔다. 손으로 잡는 것과 손가락 끝으로 한 점도 어긋나지 않게 마주치는 것은 달랐다. 이번에는 손가락 한 마디 정도 옆으로 벗어났다.

이한성은 다시 제자리로 돌아갔다. 그리고 똑같은 동작을 반복했다.

세 번을 더 실패한 후 털끝만큼의 오차도 없이 정확히 손가락 끝을 송곳 자루 끝에 갖다 댈 수 있었다.

그렇게 한 번 성공하고 나니 그다음부터는 한 번도 실패하지 않고 열 번 시도하여 열 번 모두 성공하였다.

그건 스스로도 놀라운 일이었다.

만약 시력을 잃지 않은 상태에서 눈을 감고 시도했더라면 하루 종일 연습해도 되지 않았을 것이다.

그때는 마음가짐부터가 달랐을 것이다.

궁하면 통한다고 했고, 한 개의 감각기관이 사라지면 다른 감각기관이 그만큼 발달한다고도 했다.

인체의 모든 감각기관 중에서 가장 중요한 눈이 기능을 잃자 다른 감각기관들이 평소라면 절대로 불가능할 능력을 발휘하고 있는 것이다.

가슴이 조금씩 뛰기 시작했다.

이런 식으로 다른 감각기관들을 능력 이상으로 일깨우면 눈이 없어도 살아갈 수 있겠다는 희망이 들었다.

이한성은 밖으로 나와 울타리에서 나뭇가지를 수십 개도 넘게 꺾었다. 그것을 식칼로 깎아 나무 송곳으로 만든 이한성은 벽에다 한 개씩 꽂았다. 그리고는 기억 속에 그 위치를 아로 새겼다.

다섯 개를 이리저리 꽂은 후 반대쪽 벽까지 물러났다가 다가가서 나무 송곳 끝에 손가락을 갖다 댔다.

다섯 개 모두 한 치도 어긋남 없이 손끝으로 짚을 수 있었다.

이한성은 그 나무 송곳을 모조리 뽑고는 기억 속에서 그것들을 아로새긴 위치를 지웠다.

처음에는 잘되지 않았다.

나무 송곳을 모조리 뽑았지만 기억 속에는 그대로 꽂혀 있었다.

고개를 세차게 흔들어도 그 모습은 잘 사라지지 않았다.

이한성은 손바닥을 펴서 나무 송곳 다섯 개가 박혀 있던 벽을 쓰다듬었다.

손바닥에 아무것도 걸리는 것이 없자 비로소 기억 속의 나무 송곳이 사라졌다.

아직도 기억은 눈으로 보지 않은 것을 쉽게 받아들이려 하지 않는 습성을 그대로 간직하고 있었다.

눈의 기능을 잃은 지금은 그걸 빨리 적응해야 했다. 그래야 시력을 잃은 후의 변화에도 빨리 적응할 것이다.

홍수가 내려 다리가 끊겼는데도 기억은 다리가 끊기기 전의 모습만 고집하고 있다면 물에 빠져 떠내려갈 것이다.

그건 무척이나 위험했다.

보이지 않는 것도 생각만으로 기억 속에 생성시키고 또 생

각만으로 기억 속에 각인된 것을 지워 버리는 훈련이 필요했
다.

　눈 없이 조금이라도 덜 불편하게 살아가기 위해선 절대적
으로 필요한 일이었다.

　이한성은 다시 나무못을 흙벽에 꽂아 넣었다.

　이번에는 다섯 개의 두 배인 열 개였다.

　이리저리 불규칙하게 나무못을 꽂은 후 그 위치를 기억 속
에 각인시키고 손가락 끝으로 하나씩 찍어갔다.

　그건 이제 어려운 일이 아니었다.

　일단 한 번 손이 닿았던 것은 눈으로 본 듯 그 위치가 기억
속에 각인되었다.

　이젠 기억을 지우고 재구성해야 할 차례였다.

　다섯 개를 뽑아 나머지 다섯 개 사이사이에 꽂았다.

　뺀 자리에 있던 것과 다시 꽂은 것이 섞여서 혼란이 왔다.

　이한성은 기를 쓰며 그것들을 기억 속에서 재구성시켰다.

　그렇게 이틀이 더 지나자 기억도 눈이 없다는 사실을 인식
하기 시작했다. 그리고는 눈보다는 마음의 명령에 더 의존하
게 되었다.

　며칠이 더 지나자 이한성은 수십 개의 나무 송곳을 벽에 꽂
고 순식간에 뽑았다가 이리저리 다시 꽂으면서도 단 한 개도
틀리지 않고 손끝으로 짚을 수 있었다.

　이젠 밖으로 나가도 크게 혼란스럽지는 않을 것 같았다.

당장은 옛 기억에 의존하고, 달라진 것은 곧바로 기억 속에서 재구성하면 예기치 못한 상황에 마주치더라도 처음 한번은 낭패를 당하겠지만 거듭된 실수는 하지 않을 것이다.

이한성은 막대기 하나를 들고 밖으로 나갔다.

옆집 강 노인과 노파가 한참 동안이나 혀를 차며 걱정을 하였지만 말리지는 않았다.

안타까운 마음이야 이루 말할 수 없어도 자신의 눈을 빼어서 이한성에게 박아주거나 평생 이한성을 보살필 수 없는 이상 혼자서 살아가는 법을 익히게 해야 할 일이었다.

그래도 안심이 안 되는지 강 노인은 이한성을 따라나섰다.

이한성은 나직한 음성으로 노인을 뿌리쳤다.

이 마을은 도장을 찍은 듯이 머릿속에 기억하고 있었다.

그동안 길이 냇물로 바뀔 일도 없었고 다리가 사라지지도 않았을 것이다.

기껏해야 시력을 잃기 전에 없던 돌부리가 몇 개 있을 수도 있었고 나무토막이 길에 떨어져 있는 정도일 것이다.

강 노인을 떨친 이한성은 기억 속의 마을 모습을 떠올리며 걸어갔다.

작은 돌담도 그대로였고 갈림길도 그대로였다. 마을 어귀 정자나무도 그대로 있었고 그 옆에 박힌 말뚝도 정확히 짚을 수 있었다.

기억 속에서 마을의 모습이 환히 되살아났다.

　이 마을에서는 지팡이 없이도 얼마든지 활보할 수 있을 것 같았다.

　지팡이를 던진 이한성은 눈이 보이는 것처럼 되돌아 걷기 시작했다.

　지팡이로 두들기면서 기억 속에 새겨놓았던 돌부리들이 눈을 본 듯 그려졌다.

　이한성은 그 돌들의 끝을 밟고 되돌아올 수도 있었다.

　시력을 잃었지만 한번 기억 속에 그려진 것은 시력을 잃기 전보다 훨씬 선명하고 정확하게 기억 속에 배열되었다.

　갈 때는 지팡이에 의존하고 올 때는 기억에 의존하며 이한성은 마을을 완전히 한 바퀴 돌았다.

　만나는 사람들마다 혀를 차기도 했고 등을 두드리며 격려를 하기도 했다.

　그들의 과도한 관심이 거북스러웠지만 시간이 지나면 그들도 자신의 이런 모습이 익숙해질것이고 더 지나면 원래부터 그랬던 것처럼 무덤덤해질 것이다. 그렇게 적응하며 살아가면 될 일이었다.

　마을을 한 바퀴 돌고 집으로 돌아온 이한성은 강 노인 부부가 차려주는 점심을 먹었다.

　활동을 하고 나니 음식 맛은 꿀맛이었지만 밥알은 모래알 같았다.

　마을 뒷산에 있는 작은 땅뙈기를 부치며 겨우 입에 풀칠이나 하며 살아가는 강 노인 부부에게 군식구 하나는 절대로 작은 부담이 아닐 것이다. 어쩌면 노인 부부가 자신을 업고 다니는 것만큼 힘들 것이다.

이한성은 입맛이 없다는 핑계로 밥그릇을 반만 비우고 상을 물렸다.

남은 반 그릇이면 노파의 한 끼를 때울 수 있을 것이었다. 어쩌면 그것을 두 노인이 나눠 먹으며 한 끼를 해결할지도 몰랐다.

가을걷이가 신통치 않은 겨울에는 어머니가 오히려 양식을 나눠 줄 때도 있었기에 충분히 그럴 수 있었다.

더 먹으라는 노인 부부의 채근을 애써 물리친 이한성은 다시 밖으로 나왔다.

이한성은 해가 질 때까지 똑같은 일을 세 번 더 반복하고 집으로 돌아왔다.

다음 날 아침 일찍 잠이 깬 이한성은 우두커니 앉아서 어제의 기억을 되살려 보았다.

사립문 바깥에서부터 마을 구석구석까지의 모습을 그림을 그린 듯 떠올렸다.

골목길 곳곳에 있던 돌부리들의 위치, 그리고 그 사이에 있던 작은 돌멩이들의 개수, 그것들이 각기 흩어져 있는 배열들…….

그 모든 것들이 돌에 새긴 듯 머릿속에 떠올랐다.

이한성은 어리둥절한 기분에 잠시 더 그렇게 앉아 있었다.

이런 것은 눈이 멀쩡할 때는 도저히 불가능한 능력이었다. 아니, 절대로 불필요한 능력이었다.

일어나서 눈으로 보면 그만인 것이기에 이렇게 기억 속에 새길 필요가 전혀 없었다. 그러던 것이 필요로 하자 무섭게 능력을 일깨우고 있었다.

이한성은 막대기를 들고 밖으로 나갔다.

어느 집에서 닭 우는 소리가 들리는 것으로 보아 마을은 아직 어둠에 묻혀 있을 것이다.

이제 그런 것은 상관이 없었다.

그건 오히려 장점이었다.

어머니가 돌아가신 후 처음으로 이한성의 입가에 미소 한 줄기가 걸렸다.

소태처럼 쓰디쓴 미소였지만 처음으로 웃음을 지은 것이다.

지팡이를 어깨에 둘러멘 이한성은 눈이 성한 사람처럼 걸음을 옮겼다.

돌부리와 돌멩이들은 대부분 그 자리에 있었다.

이한성은 조금 속도를 빨리했다.

눈으로 보는 것처럼 기억이 떠올랐고 작은 돌멩이들은 걸어차며 장난을 칠 수도 있었다.

"으윽!"

빠르게 앞으로 나아가던 이한성은 비명을 질렀다.

허름한 신발을 뚫고 가시 하나가 사정없이 발바닥을 찌른 것이다.

순식간에 머리끝까지 치고 오른 통증으로 보아 굵은 가시가 손가락 한 마디 정도는 발바닥 안으로 파고든 것 같았다.

급히 지팡이로 주변을 훑고 바닥에 주저앉은 이한성은 발바닥에 꽂힌 가시를 뽑았다. 족히 손가락 두 마디는 되는 날카로운 가시였다.

이한성은 손을 내저었다.

부스럭거리는 소리와 함께 나뭇가지 하나가 만져졌다.

가시는 나뭇가지에 낫질이 가해지며 인공적으로 생긴 것이었다.

누군가 저녁 늦게 나무를 지고 가며 흘린 것이 분명했다.

기억 속의 모든 정물들이 한꺼번에 흐트러지는 느낌이 들었다. 며칠 동안 조금 얻었던 자신감도 와르르 무너져 내렸다.

아무리 다른 기능이 본연 이상의 능력을 발휘하고 있었지만 눈만 못했다.

눈이 멀쩡했다면 나뭇가지에 솟은 가시를 밟기 전에 나뭇가지 자체를 발로 치워 버렸거나 아예 뛰어넘어 버렸을 것이다.

실망감과 함께 발바닥의 통증이 장막처럼 전신을 덮어왔다.

“으으윽!”

이한성은 발을 움켜쥐며 다시 신음을 흘렸다.

고통보다는 닥쳐오는 앞날에 대한 불안감 때문이었다. 아직 날이 새지 않은 새벽이라 아무도 이한성의 신음 소리를 듣지 못했다.

그건 다행스럽기도 했고 서럽기도 했다.

한참 동안 발을 싸잡고 신음을 흘리던 이한성은 지팡이를 땅에 짚고 몸을 일으켰다.

그러고는 처음 마을을 돌아볼 때처럼 지팡이에 전적으로 의지한 채 주춤거리며 집으로 향했다.

第三章　새로운 눈

다시 무기력증이 찾아왔다.

어머니의 시신 앞에서 느낀 것보다 더 깊은 무기력증이었다.

이한성은 사흘 동안 한 끼도 제대로 먹지 않고 틀어박혀 잠만 잤다.

강 노인 부부와 황삼, 그리고 마을 사람들이 처음 시력을 잃었을 때처럼 걱정을 했지만 이한성의 잠은 깊어만 갔다.

나흘이 지난 아침 이한성은 벼락처럼 자리에서 일어났다.

정수리 한복판에 구멍이 나는 듯한, 그리고 그 구멍으로 뱀 한 마리가 꾸물거리며 기어들어 오는 듯한 느낌에 이한성은 급히 양손을 머리에 갖다 댔다.

정수리 중앙에는, 아니, 머리는 물론이고 방 안 어느 곳에도 뱀은 없었다.

그런데도 여전히 정수리 한가운데로 뱀이 기어들어 오는 느낌이 일었다.

손톱을 세워 긁어보기도 하고 주먹으로 세차게 두드려 보기도 했지만 그 느낌은 사라지지 않았다.

통증은 없었다.

그러나 정수리 한복판으로 뭔가 스멀거리며 기어들어 오는 듯한 느낌은 소름이 끼쳤다. 차라리 머리가 쪼개지는 듯한 통증이 더 나을 것 같았다.

이한성은 겉옷을 걸쳐 입고 밖으로 나갔다. 그리고는 무작정 골목길을 내달렸다.

며칠 전의 기억은 전혀 퇴색되지 않고 그대로 머리에 새겨져 있었다.

그사이 새로 바뀐 정물만 조심한다면 달려가도 문제가 없었다.

다행히도 가시 같은 것은 밟히지 않았다.

마을 앞 냇가에 도착한 이한성은 첨벙하고 머리를 물속에 담갔다.

밀려오는 바람결에 이따금씩 봄 내음이 느껴지긴 했지만 이른 새벽의 냇물은 얼음장처럼 차가웠다. 찬 기운에 머리가 쪼개질 정도로 아파왔지만 정수리 한가운데가 스멀거리는 느낌은 여전했다.

이한성은 아예 온몸을 물속에 밀어 넣었다.

바늘로 전신을 찌르는 것 같은 한기가 느껴지며 이가 딱딱 부딪쳐 왔다.

온몸이 얼음처럼 차가워지자 스멀거리는 느낌이 조금 가라앉았다.

이젠 스멀거리는 느낌보다 차가운 냇물이 온몸을 옥죄어 오는 통증이 더 컸다.

이한성은 냇물 밖으로 몸을 빼내었다.

이는 한층 더 딱딱거리며 부딪쳤고 온몸은 사시나무처럼 떨렸다.

그러나 스멀거리는 느낌은 현저히 사라졌다.

이한성은 온몸을 웅크리며 냇물 밖으로 걸음을 옮겼다. 얼어붙은 듯한 몸을 억지로 녹이며 길 위로 올라오던 이한성은 다시 그 자리에 얼어붙었다.

정수리 복판으로 뱀 한 마리가 빠르게 기어나가는 느낌과 함께 저만치 연한 불기둥이 보였다.

깜짝 놀란 이한성은 급히 눈을 깜박거려 보았다.

시력은 여전히 돌아오지 않았다.

눈을 감아도 그 불기둥은 그대로였고 떠도 그대로였다. 그것은 눈으로 보이는 것이 아니라 정수리 한복판으로 느껴지는 것이었다.

연한 불기둥이 조금 더 가까워졌고 색깔도 좀 더 짙어졌다.

이한성은 아예 눈을 감고 정수리로 느껴지는 불기둥에 온 신경을 집중했다.

불기둥에서 가지 한 개가 뻗어 나왔다. 그리고 앞뒤로 흔들렸다.

조금 더 가까워지자 아랫부분에서도 뿌리 두 개가 갈라져 앞뒤로 흔들렸다.

그것은 가지가 아니라 사람의 팔과 다리였다.

팔 하나는 머리 위로 올라가 머리에 이고 있는 무언가를 잡고 있는 모습이었다.

그 불기둥은 여인의 모습을 하고 있었다.

그렇게 느끼는 순간 불기둥은 우뚝 섰고 날카로운 비명과 함께 깜짝 놀라며 바닥에 주저앉았다.

쨍그랑!

물독이 깨어지는 소리가 비명 소리를 따랐다.

비명 소리의 주인은 이한성의 집에서 좀 떨어진 곳에 사는 바우댁이라는 아낙이었다.

아들의 별명이 바우라고 해서 바우댁이라 불렸는데 이 마을에서 둘째가라면 서러울 정도로 부지런한 아낙이었다. 그래서 꼭두새벽부터 물을 길러 나온 모양이었다.

"아이쿠, 이 녀석아. 간 떨어질 뻔했지 않느냐! 아이고 심장이야……."

정신을 가다듬고 자신 앞에 귀신처럼 서 있던 존재가 이한성이란 것을 안 바우댁은 고래고래 고함을 질렀다.

이한성은 여전히 넋 빠진 사람처럼 서 있었다.

눈은 감고 있었지만 바우댁의 움직임이 불기둥으로 환히 보였다. 아니, 느껴졌다.

처음에는 그냥 두루뭉술한 붉은 기둥이었는데 점점 더 정교해지며 이젠 손가락까지 나타났다.

"대체 이게 무슨 일이냐, 이 녀석아!"

바우댁이 손을 쳐들었다.

이한성이 넋이 나간 줄 알고 따귀라도 한 대 갈기려는 모양이었다.

이한성은 바우댁의 동작에서 그 의도까지 환히 읽을 수 있었다.

그제야 제정신을 차린 이한성은 한 걸음 뒤로 물러서며 입술을 움직였다.

"밤인지 낮인지 모르고 밖으로 나왔다가 길을 잃고 발을 헛디뎌 냇물에 빠졌습니다."

이한성이 덜덜 떨리는 음성으로 말하자 바우댁이 얼른 손을 내렸다.

"아이구! 아이구… 이 불쌍한 것! 사흘도 넘게 쓰러져 잠만 잔다더니……."

반쯤 울듯 소리를 지른 바우댁이 이한성을 끌어안았다.

"어서, 어서 가서 몸을 녹이자. 이러다간 얼어 죽겠다."

바우댁은 냇가에서 제일 가까운 집으로 이한성을 데리고 갔다.

그 집 문 앞에서 이한성은 다시 얼어붙었다.

집주인 사내의 모습이 불기둥으로 또 나타났다.

이번에는 처음부터 완벽한 사람의 모습이었다.

눈이 보일 때처럼 얼굴을 알아볼 수는 없었지만 움직임이나 전체적인 모습은 너무나 또렷한 불기둥으로 보였다.

주인 아낙도 나오고 역시 마찬가지였다.

"어서 들어가서 몸부터 녹이자꾸나."

바우댁으로부터 자초지종을 들은 주인 아낙이 이한성을 방으로 끌고 들어갔다.

방 안의 모습 역시 불기둥으로 다가왔다.

온기가 강한 아랫목 쪽은 붉은 색감으로 퍼졌고 온기가 덜한 윗목은 푸르스름했다.

방 안으로 들어왔다고 생각하니 밖에서 느끼던 것보다 더 심한 한기와 함께 며칠 동안 제대로 먹지 못한 허기가 해일처럼 엄습해 왔다.

이한성은 그 자리에 쓰러질 것처럼 비틀거렸다.

"왜, 왜 그러느냐?"

주인 아낙이 소리를 질렀다.

그 소리가 까마득하게 들리는 순간 이한성은 아랫배 깊은 곳에서 무언가가 걷잡을 수 없이 요동치는 것을 느꼈다.

그것은 붉은색의 거대한 물줄기였다.

투명하리만큼 희게 느껴지던 백사에 물렸을 때, 억지로 입속으로 우겨 넣었던 핏빛 꽃잎으로부터 흘러나온 붉은 물줄기가 아랫배에서 용트림을 하며 전신으로, 손끝에서 발끝으로 구서구석 퍼져 나갔다.

순식간에 온몸이 더운물로 목욕을 한 것처럼 후끈하게 달아올랐다. 그리고 먹은 것이 없어 바닥이 난 것 같은 기력 역시 순식간에 돌아와 한달음에 뒷산 꼭대기까지 달려갔다 올 수 있을 것처럼 자신감이 넘쳐 났다.

이한성은 비로소 자신의 몸 역시 붉은 색 불기둥으로 보인다는 것을 느꼈다.

팔과 다리가 붉게 타오르며 그곳에서 붉은 연기가 쉼없이 피어오르고 있었다.

"아니, 이게 어찌 된 일이래?"

주인집 아낙이 깜짝 놀라 소리를 질렀다.

"왜 그래, 건우 엄마?"

바우댁도 놀란 음성으로 주인집 아낙을 쳐다보았다.

"방금 전까지도 온몸이 물에 젖어 있었는데 지금 만져보니 옷이 거의 다 말랐어."

건우 엄마가 연신 이한성의 옷을 만져보며 목소리를 높였다.

"에구머니!"

바우댁도 깜짝 놀라며 이한성의 어깨며 등을 쉴 새 없이 쓰다듬었다.

이한성도 같이 놀라며 한 손으로 다른 쪽 팔을 만져보았다.

그녀들의 놀란 외침대로 옷이 말라 있었다.

아침 안개에 젖은 듯 약간의 습기는 남아 있었지만 뚝뚝 떨어져서 온 방바닥을 적시던 물기는 온데간데없이 사라졌다.

이한성은 자신의 팔에 신경을 집중했다.

아까는 펄펄 끓는 밥솥을 열었을 때처럼 짙게 피어오르던 붉은색 연기는 이제 보일락 말락 엷은 색깔로 피어오르고 있었다. 그나마 그것도 조금 후에는 완전히 사라졌다.

이한성은 다시 옷소매를 만져 보았다.

이젠 안개에 젖은 것 같은 엷은 습기마저 사라지고 옷은 장롱에서 갓 꺼낸 것처럼 뽀송했다.

"아이구! 무슨 이런 일이……."

두 아낙이 다시 목소리를 높였다.

그 목소리를 듣고 아궁이에 불을 지피던 주인 아낙의 남편도 어리둥절한 표정을 하며 방 안으로 들어왔다.

이한성은 이제 더 이상 이곳에 있을 필요성을 느끼지 못했다.

옷을 흠뻑 적신 물기와 함께 이를 딱딱 부딪치게 하던 한기도 씻은 듯이 사라졌고 기력 또한 날아오를 듯이 충만해졌다.

어서 집으로 돌아가서 더 많은 사람들이 걱정을 하게 하지는 말아야 할 것이다.

"걱정을 끼쳐드려 정말 죄송합니다."

허리를 숙여 고마움을 표한 이한성은 빠른 발걸음으로 집으로 돌아왔다.

작년 여름이었다.

아침 일찍부터 약초를 캐러 산에 올랐다가 바위틈에서 노숙을 하고 부스스 기어나오는 사냥꾼 황삼을 만난 적이 있었다.

이한성은 망태기에 싸온 주먹밥 한 개를 황삼에게 주고는 옆에 앉아 이 얘기 저 얘기 나누다가 이런 깊은 산중에서 노숙을 하면 귀신 나올까 무섭지 않느냐 물었다.

황삼은 세상에 귀신이 어디 있느냐는 말과 함께 너털웃음을 터뜨렸다.

귀신이 없으면 맹수라도 달려들 수 있지 않느냐고 이한성은 다시 물었다.

불을 피워놓으면 맹수도 함부로 달려들지 않는다고 대답한 황삼은 노숙할 때 자신이 가장 무서워하는 것은 뱀이라고 했다.

뱀은 낮에도 은밀하게 숨어서 사냥을 잘하지만 달은 물론 별 하나 없는 칠흑같이 어두운 밤에도 사냥감을 정확히 찾아내어 사냥을 한다고 했다. 그러면서 황삼은 뱀의 머리 어느 곳에는 또 다른 눈이 있다고 했다.

그 눈으로 뱀은 밤에도 대낮처럼 먹이를 쳐다보고 사냥을 한다고 했다.

뱀의 머리에 있는 또 다른 눈!

그것이 정말 있다면 오늘 아침 이한성 자신이 본 것처럼 그렇게 사물을 볼 것이란 생각이 자꾸만 머릿속에서 솟구쳤다.

이한성은 팔을 내밀어 보았다.

붉은 색 손의 모양이 어김없이 보였다.

손가락을 움직여 보았다.

손가락의 움직임 또한 선명하게 느껴졌다. 눈을 감건 뜨건 상관없었고, 정수리 한복판에 신경을 집중할수록 그 선명함은 더 강했다.

"내가 뱀이 된 것인가?"

이한성은 넋 나간 사람처럼 중얼거렸다.

아직 확실한 것은 하나도 없었지만 절벽 깊은 곳에서 몸이 투명하다시피 한 백사에 물리고 나서, 그리고 지독한 갈증에 핏빛 꽃잎을 따먹고 나서 모든 것이 변했다.

시력을 잃어버렸고, 대신 다른 감각들이 비정상적으로 발달했다. 더 나아가 상상도 할 수 없었던 뱀의 눈 같은 감각도 얻었다. 그리고 며칠 동안 겨우 한 끼 정도밖에 먹지 않았지만 기력은 오히려 더 충만해지는 힘까지 얻었다.

시력을 잃은 사고 속에서 그런 능력을 얻은 것은 불행 중 다행이란 생각이 들었지만 뱀이 되고 싶지는 않았다.

이한성은 얼른 손으로 얼굴을 쓰다듬었다.

혹시나 뱀처럼 피부에 비늘이 돋아나지 않나 싶어서였다.

얼굴은 아무 이상이 없었다.

"휴—"

안도의 한숨을 내쉰 이한성은 다른 팔도 들어 올려보았다.

여전히 똑같았다.

갈수록 팔의 움직임이 생생한 붉은 색으로 보였고 처음에는 전부 똑같이 붉게 보이던 색감이 부분부분 그 선명도의 차이가 있다는 것도 알게 되었다.

손을 내린 이한성은 멍하니 앉아 있었다.

상상도 하지 못했던 감각 하나를 얻은 기쁨보다는 혼란한 심정이 더 컸다.

이런 이상한 능력은 어디까지 발전할 것이고, 또 어떤 다른 능력이 생겨날지 알 수가 없었다.

하지만 그런 능력들이 아무리 특별하다 하더라도 눈을 잃은 상실감을 모두 메워줄 수는 없었다. 설사 이보다 백 배 더 강한 능력이라도 눈에 비할 수는 없을 것 같았다.

그런 생각은 아무런 도움이 되지 않았다.

그럴 시간이 있으면 지팡이 없이 걷는 연습을 한 번이라도 더 하는 것이 나았다.

이한성은 밖으로 나왔다.

저만치서 강 노인 부부가 걸어오고 있었다. 노파는 손에 무엇인가를 들고 있었다.

이한성은 흠칫 걸음을 멈추었다.

붉은 색감의 영상이 앞에 나타나자마자 단 한 번의 의심도 없이 강 노인 부부로 인식하고 있는 자신이 놀라웠던 것이다.

새로운 능력을 얻은 지 한 시진도 채 되지 않았는데 몸은 그 능력을 빠르게 받아들여 자기의 것으로 만들고 있었다.

"아이구! 다치지 않아 다행이다."

노파가 젖은 목소리로 걱정을 했다. 아마도 바우 어머니에게서 새벽에 일어났던 일을 들은 모양이었다.

"어서 밥을 먹고 기운을 차리거라."

노파는 손에 든 것을 내밀었다.

그것은 음식을 담은 소쿠리였다.

처음 보았을 때 노파가 무얼 들고 있다고 느꼈는데 그것마저 정확했다.

소쿠리 속에서 더운 음식이 붉은 색감으로 느껴졌다.

그렇게 온기가 있는 것은 붉게 느껴지고 온기가 없는 것은 푸르스름하게 느껴졌다.

음식을 보자, 아니, 음식의 형체를 느끼자 시장기가 강하게 들었다.

고맙다는 말과 함께 이한성은 허겁지겁 음식을 삼켰다.

며칠 동안 굶은 허기가 체면을 차릴 여유를 주지 않았다. 그래서 이번에는 밥알 한 올 남기지 않고 다 먹었다.

"그래, 그래! 먹어야 살지. 아무쪼록 많이 먹고 용기를 내서 살아야 한다. 이가 없으면 잇몸으로 살고, 눈이 없으면 손이나 귀가 눈을 대신하며 살 수 있는 것이야."

강 노인도 고개를 끄덕이며 격려의 말을 토했다.

노파가 물그릇을 내밀었다.

무심코 손을 뻗으려던 이한성은 우뚝 움직임을 멈추었다.

조금 전에 자신의 정수리 한가운데에 뱀의 눈이 생겨났다고 설명할 수도 없는 일이었다. 그러니 노파가 물그릇을 내미는 것도 몰라야 했다.

"여기 물도 마시거라."

그제야 이한성은 허공을 더듬는 듯한 동작과 함께 물그릇을 받아 들고 게걸스럽게 마셨다.

"이제부터 어딜 갈 때는 우리와 함께 가도록 하자꾸나."

강 노인이 다시 걱정을 했다.

"아닙니다, 할아버지. 저번에는 제가 좀 무리를 해서 기력이 떨어졌습니다. 하지만 며칠 푹 쉬고 나니 원기가 되살아났습니다. 이젠 저 산꼭대기까지도 갔다 올 수 있을 것 같습니다."

이한성은 손사래까지 치며 노인 부부를 안심시켰다.

뱀의 눈이라 짐작되는 그 능력은 날이 갈수록 조금씩 더 향상되어 갔다.

처음에는 붉은 불기둥 같게만 보이던 사람들의 형체도 나날이 선명하게 느껴졌고 이젠 흐릿하게나마 눈, 코, 입의 형상까지도 느껴졌다. 그래서 이한성은 걸음걸이나 몸집의 특징만으로 구별하던 사람들을 얼굴로도 거의 구별이 가능했다.

비가 오는 날이나 바람이 많이 부는 날에는 좀 더 힘들었지만 마을 사람들에 한해서는 얼굴만 보아도 열에 아홉은 구별할 수 있었다.

또한 처음에는 구별이 안 되던 나무나 풀줄기 등도 서서히 구별이 가능했다.

생명의 기운이 있는 것들은 붉은 색으로 느껴졌다.

물론 뜨거운 피를 간직한 사람이나 동물만큼은 아니었지만 나무나 풀 등도 흐릿한 붉은 색으로 그 모습을 인식할 수 있었다.

그 능력을 얻고 나서부터 이한성은 훨씬 편하게 생활을 할 수 있었다. 그러나 마을 사람들 앞에서는 조심을 하며 티를 내지 않았다.

마을 사람들로부터 계속해서 동정심을 이끌어내고 싶어서 그러는 것은 절대로 아니었다.

이한성이 자신의 능력을 철저히 감춘 이유는 마을 사람들이 자신에게 그런 능력이 있다는 것을 알고 자신을 뱀 쳐다보듯 할까 걱정스러웠기 때문이다. 그런 고로 조심을 했지만 은연중에 드러나는 이한성의 능력에 마을 사람들은 감탄할 때가 많았다.

그런 곡절을 겪으며 여름을 맞이했을 때 이한성의 능력은 또 한 차례 허물을 벗었다.

여름이 되어 뜨거운 햇볕이 내리쬐고 열을 받자 바위나 돌 같은 생명이 없는 물건들도 색감을 드러냈다.

생명이 있는 것들과는 비교도 안 되는 옅은 색의 형상이었지만 적응이 되어가자 구별이 가능해졌다. 그리고 그 능력은 가을이 되어 돌이나 바위의 표면이 식어도 사라지지 않았다.

표면의 온도가 식자 푸르스름한 색감으로 형상이 구별되었다.

이제 아무리 색다른 곳에 가더라도 가시에 발을 찔릴 일도 없을 것 같았다.

가을이 무르익어 가던 어느 날 밤, 이한성은 약초 망태기를 어깨에 메고 아무도 몰래 산으로 올랐다.

언제까지나 이렇게 강 노인 부부의 신세만 지고 살 수는 없었다.

그동안 신세진 것만으로도 노인 부부는 허리가 휘다 못해 끊어질 지경일 것이다.

어머니의 장례를 치르느라 진 빚을 갚기는커녕 자신을 거두느라 먹을 양식까지 부족하여 그 빚은 더 늘어났다는 것을 알았다. 그 빚을 갚기 위해 노파는 밤늦게까지 삯바느질을 하고 낮에는 마을의 밭일까지 도맡아 여러 번 몸살을 앓았다는 것도 알고 있었다.

새로 얻은 능력으로 약초를 캘 수 있을지는 몰라도 시도는 해야 했다. 그리고 어떻게 하든 자신의 밥벌이를 하고, 아울러 강 노인 부부가 진 빚도 갚아주어야 했다.

이한성은 부지런히 걸음을 옮겼다.

새로 얻은 눈은 밤낮의 구별이 없다는 것이 무엇보다 편리했다.

밤이라고 해서 생명의 온기가 사라지는 것도 아니고 생명이 없는 돌이나 바위가 밤이라고 해서 다른 존재로 변하는 것도 아니었다.

물론 밤에는 온도가 더 내려가기에 생명 없는 물체의 구별이 조금 더 어려워 때때로 바위틈에 발이 빠져 낭패를 겪기도 했지만 대략적인 형체를 구별하는 것만으로도 그러지 못하던 때와는 천양지차였다. 푸르스름한 색감으로 형체만 구분해도 숲 속으로 난 길을 찾을 수 있어 위치를 파악할 수 있었다.

반 시진도 걸리기 전에 이한성은 뛰듯이 산꼭대기에 올랐다.

시력을 잃기 전에도 이건 절대로 불가능한 일이었다.

그때 만약 이런 속도로 산에 올랐다면 심장이 터져 쓰러졌을 것이다.

그러나 지금은 아무렇지도 않았다.

거의 뛰듯이 오솔길을 거슬러 올라왔지만 숨 하나 가쁘지 않았다.

뱀의 독이 온몸에 퍼졌음에도 불구하고 생명을 구한 붉은 꽃의 핏빛 액즙이 온 핏줄을 뛰놀며 쉴 새 없이 기력을 북돋아주고 있었다. 그래서 한달음에 산꼭대기까지 오를 수 있었다.

약초 망태기에서 물통을 꺼내 몇 모금 들이켠 이한성은 정수리 한복판에 신경을 집중하며 산 아래를 내려다보았다.

눈은 감고 있었지만 산 아래의 형체가 느껴졌다.

잠시 후 이한성은 곧 고개를 돌려 버렸다.

푸르스름하게 전체적인 윤곽은 느껴졌지만 예전처럼 눈물겹도록 정겹고 평화로운 마을의 모습은 전혀 볼 수가 없었다.

밤이 깊어도 한두 채 불을 밝히고 있는 집도 보이지 않았고, 마을 앞 개울물이 모이는 작은 호수에서 반사된 달빛도 보이지 않았다. 모든 것이 푸르스름한 안개에 휩싸인 안개 구름 속의 형상으로밖에 보이지 않았다.

애써 등을 돌린 이한성은 끝없이 넓은 담요가 자신을 덮고 있는 것 같은 답답함을 떨쳐 내기 위해 물통의 물을 벌컥거리며 다 마셨다.

서 있을 땐 앉아 있으면 소원이 없을 것 같았는데, 앉고 나면 다시 드러눕고 싶다는 말처럼 이 정도나마 사물을 식별할 수 있는 능력이 생겼다는 것만으로도 천지신명께 감사할 일이었다. 그런데도 오히려 갑갑함을 느끼는 자신이 가당찮게 느껴졌다.

망태기를 둘러맨 이한성은 평소에 약초가 많이 있던 숲을 향해 걸음을 옮겼다.

약 일각쯤 숲 속을 헤치고 나가던 이한성은 머리끝이 쭈뼛하는 기분과 함께 걸음을 멈추었다.

저 앞 바위틈에 똬리를 틀고 있는 뱀이 보였다. 아니, 느껴졌다.

길고 굵어 보이는 몸통이 독사 같지는 않았지만 이젠 뱀에 대해서는 공포심에 가까운 두려움을 느끼게 되었다.

그런데 뱀은 이한성보다 더 공포심을 느끼는 것 같았다. 뱀이 있는 곳과 이한성이 있는 곳과의 거리는 삼 장 가까이 되었다.

보통 때라면 뱀이 이한성의 존재를 알아차리기에도 힘든 거리였다. 설사 알아챈다고 하더라도 바위틈에서 몸을 숨기고 있으면 그만이었다.

그런데 이한성이 정수리 한복판으로 뱀의 존재를 느끼자 뱀은 벼락을 맞은 듯이 꿈틀거리다 죽으라고 달아나기 시작했다.

이한성은 약간 어이없는 기분이 들었지만 징그러운 놈들

이 알아서 피해주니 기분 나쁠 리 없었다.

다시 몇 걸음 더 갔을 때도 똑같은 현상이 벌어졌다.

이번에는 조금씩 간격을 두고 똬리를 틀고 있던 세 마리의 뱀이 아까처럼 기절초풍할 듯 도망을 쳤다.

이것도 백사에 물린 후에 얻은 이상한 능력 중의 하나일 것이다.

동면에 들어가지 직전의 가을 뱀은 모조리 독사가 된다고 했는데 그놈들에게 물릴 걱정은 할 필요가 없겠다는 생각이 들었다.

피식하고 미소를 지은 이한성은 조금 더 깊은 숲 속으로 걸음을 옮겼다.

"저건……?"

이한성은 우뚝 걸음을 멈추었다. 그리고 뛰는 가슴을 진정시키기 위해 몇 번이나 심호흡을 했다.

주변의 다른 풀포기들에 비해 몇 배는 더 짙은 붉은 색을 띠고 있는 풀포기들!

그 풀포기들은 혈관으로 피가 흐르는 사람이나 짐승들만큼 진한 붉은 색을 내뿜고 있었다.

그만큼 생명력이 강하다는 말이었다.

이한성은 정수리 한복판으로 신경을 집중했다.

풀포기들의 형체가 더 뚜렷하게 느껴졌다.

선명한 다섯 개의 이파리!

그리고 땅속에 파묻힌 긴 뿌리!

언젠가 억세게 운 좋은 약초꾼을 통해 딱 한 번 보았던 산삼이 틀림없었다.

이 근처는 지난 몇 년 동안 여러 번 헤집고 다닌 곳이었다.

저 옆에 있는 푸르스름하게 느껴지는 바위 역시 기억에 있었다.

그런데도 저 산삼은 발견하지 못했다.

두 눈을 멀쩡히 뜨고 있을 때는 도저히 찾지 못했던 산삼이 시력을 잃고 나서 오히려 쉽게 찾았다.

인간사 새옹지마란 말은 이럴 때 쓰이는 것 같았다.

산삼의 모양은 더 확연했고 이젠 향기마저 느껴지는 것 같았다.

망태기에서 호미를 꺼내 조심스럽게 손을 뻗던 이한성은 소스라치게 놀랐다.

예전에 핏빛 꽃을 피운 풀줄기를 뽑으려다 백사에게 손가락을 물린 기억이 떠오른 것이었다.

쓴웃음을 지은 이한성은 한숨을 내쉬었다.

산삼 줄기 아래에는 아무것도 없었다. 이제는 뱀이 있다면 붉은 색감으로 저 멀리서도 훤히 알아차릴 수 있을 것이다. 아니, 그 이전에 뱀들은 천적을 만난 듯이 도망을 치고 말 것이었다.

이한성은 호미를 꺼내 조심스럽게 땅을 팠다.

　여태껏 산삼은 한 번도 캐지 못했지만 어떻게 캐야 한다는 것쯤은 훤히 알고 있었다.

　산삼은 실뿌리 하나도 큰돈이 되었다. 그렇기에 바늘처럼 가는 실뿌리 한 가닥도 흘리지 않고 가져가야 하는 것이다.

　근 반 시진에 걸쳐 다섯 뿌리의 산삼을 모두 캐낸 이한성은 그것들을 조심스레 망태기에 담고는 산을 내려갈 준비를 했다.

　오늘 수확은 충분하다 못해 넘치고 또 넘쳤다.

　어중이떠중이 약초꾼 생활이었지만 약초꾼들 사이의 금기 사항은 이한성도 터득하고 있었다.

　과분할 정도의 약초를 캐었을 때는 더 이상 욕심을 내서는 안 된다. 그러면 마가 끼이게 마련이다.

　약초를 보내준 산신이나 약초를 키워준 산에 충분히 감사하고 곧바로 산을 내려가야 한다.

　그래야 복이 달아나지 않는 것이다.

　이 산삼 다섯 뿌리면 강 노인이 진 빚을 모두 갚고, 그간의 신세에 대한 빚도 갚게 될 것이다. 더 나아가 두 노인네의 여생을 조금이나마 더 편하게 해줄 것이다.

　산삼을 캔 자리에서 사방을 향해 절을 한 이한성은 약초 망태기를 어깨에 메고 산을 내려가기 시작했다.

第四章
새로운 능력

“이, 이것이 무엇이냐?”

산삼을 본 강 노인은 놀라서 입을 다물지 못했다.

눈이 멀쩡한 사람이 몇 년 동안 산을 돌아다녀도 캐지 못하는 산삼을 장님이 된 이한성이 캐왔다는 것은 도저히 믿어지지가 않았다.

그것도 낮이 아닌 한밤중에…….

“눈이 안 보이니 다른 감각이 예전보다 훨씬 더 예민해져서 캘 수가 있었습니다.”

이한성은 간단히 답했다.

강 노인은 한참 동안 아무 말도 하지 않고 이한성과 산삼을 번갈아 쳐다보기만 했다.

　이한성이 시력을 잃은 후 다른 감각이 극도로 발달하고 있다는 것은 익히 알고 있었다.

　처음에는 뾰족한 나뭇가지에 발바닥을 찔려 며칠 동안 자리보전을 하고, 추운 겨울 새벽에 개울물에 빠지기도 했지만 그 이후부터는 점차 그런 일이 줄어들더니 지금은 놀라서 입이 벌어질 정도로 잘 적응하고 있었다.

　어떤 때는 시력이 돌아왔는데도 거짓말을 하고 있는 것이 아닐까 싶을 정도로 멀쩡하게 행동했다.

　자신이 무언가를 건네면 무의식중에 손을 뻗는다든지, 앞에 오는 사람이 누군지 미리 알고 있는 듯한 행동은 그런 의심을 하게 했다.

　그러나 그 의심은 언제나 감겨 있는 이한성의 눈을 보며 일시에 지워 버릴 수밖에 없었다.

　건네는 물건을 받으려 무의식중에 손을 뻗거나 피하는 등의 행동을 할 때 이한성은 두 눈을 굳게 감고 있었다.

　그때뿐만 아니었다. 시력을 잃은 이후 한 번도 눈을 뜬 모습을 본 적이 없었다. 그러니 다른 감각기관을 이용해서 오히려 산삼을 수월하게 찾았다는 말은 의심할 여지가 없었다.

　강 노인은 덜덜 떨리는 손으로 산삼을 들어 올렸다.

　온 방 안에 진동하는 산삼 특유의 냄새와 긴 뿌리, 그리고 튼실한 몸체는 근 백 년은 묵은 것 같았다.

이것 한 뿌리면 그간의 빚은 다 갚고도 남을 것이다.

한 뿌리만 얻을 수 있다면 그러고 싶었다.

"이것은 그간의 신세에 대한 보답입니다. 할아버지께서 알아서 처분하십시오."

자신에게 다섯 뿌리를 다 준다는 이한성의 말에 강 노인은 두 눈을 크게 떴다.

한 뿌리만 얻더라도 감지덕지였다. 그런데 다섯 뿌리를 다 가진다는 것은 상상할 수도 없었다.

그건 오히려 부담이 되어 밤잠을 설칠 것 같았다.

"아니다. 이것은 네가 캔 것이 아니냐. 난 그저 빚을 갚은 정도면……."

강 노인은 말끝을 흐렸다.

그동안 이한성 때문에 빚을 졌다는 사실도 철저히 숨기고 있었기 때문이다.

"그렇게 하면 지하에 계신 어머니께서 무척 기뻐하실 겁니다."

이한성은 차분하게 말했다.

이한성의 말에 강 노인은 더 이상 아무 말도 할 수가 없었다.

자신의 뜻을 관철시키고자 하는 감정이 섞인 말투가 아니었다.

그러나 그 음성 속에는 누구도 거역할 수 없는 강한 무언가가 실려 있었다.

어려서부터 혼자서 어머니의 병구완을 해온 아이라 남다른 데가 있었다.

그간 자신 부부가 아이 모친의 장례식을 치르기 위해 어떻게 했는지 하나도 빠뜨리지 않고 가슴에 담고 있었다.

그러지 않고는 열네 살 아이의 입에서 저런 말이 나올 수 없다.

"그건 차후에 의논하기로 하고 우선은 이걸 제값 받고 팔 수 있는 방도를 생각해 보자꾸나."

강 노인은 잠시 침묵하다가 덧붙였다.

"네가 산삼 다섯 뿌리를 캤다는 것은 아무에게도 말하지 말거라. 할멈에게도 마찬가지니라. 여자들이란 노소를 막론하고 입이 가벼운 법이다."

강 노인의 말에 이한성은 아무 대답도 하지 않았다.

강 노인은 빙그레 미소를 지었다.

이미 그런 정도는 충분히 생각하고도 남을 아이였다. 단지 할멈에게도 말하지 않는다는 것이 죄스러워 대답을 않고 있는 것이다.

'버들네…….'

강 노인은 창밖을 보며 이한성의 어머니를 속으로 불렀다.

이런 아이를 두고 어떻게 눈을 감을 수가 있었을까?

"그럼 이것은 내가 숨겨놓고 있다가 며칠 후 적당한 핑계를 대고 성시로 나가서 팔아오도록 하마.”

강 노인은 조심스럽게 다섯 뿌리의 산삼을 헝겊에 싸서 밖으로 나갔다.

며칠 후 강 노인은 이한성의 눈에 좋은 약을 사 오겠다는 핑계를 만들어 성시로 나갈 차비를 했다.

노파는 궁핍한 살림에 더 쓸 돈이 어디 있을까 걱정하는 눈치였지만 이한성의 눈에 좋다는 약을 산다는 말에 아무것도 묻지 않고 노인을 떠나보냈다.

인근에는 소문이 날 우려가 있으니 강 노인은 며칠이 걸리더라도 좀 먼 곳으로 다녀오겠다고 했다.

이한성 역시 그런 생각을 하고 있었기에 고개만 끄덕였다.

예상보다 더 먼 곳으로 가서 팔았는지 강 노인은 열흘 만에 집으로 돌아왔다.

그동안 온갖 걱정을 다 하며 노심초사했던 노파는 눈물을 글썽이기까지 했다.

긴 여행에 피곤한 기색은 보였지만 표정은 한없이 밝았다.

사기를 당하지 않고 좋은 값을 받은 모양이었다.

이한성은 긴 한숨을 내쉬었다.

혹시라도 악당 같은 놈을 만나 모진 꼴을 당할 수도 있다는 생각에 걱정을 했지만 사려 깊은 노인이라 잘 처리한 모양이었다.

그날 저녁, 노파가 마을을 나간 사이 강 노인이 이한성의 집으로 왔다.

"아무리 그래도 내가 다 갖는 것은 하늘이 무서워서 안 될 일이다. 이것은 네 몫으로 줄 테니 어디 감춰놓았다가 요긴하게 쓰도록 하여라."

강 노인은 보자기 하나를 이한성에게 내밀며 말했다.

"전 쓸 데도 없고, 돈을 구별할 수도 없습니다."

이한성은 여전히 사양했다.

"그래서 모두 은원보로 바꾸었다. 네 것은 여러 종류의 크기로 잘라왔으니 필요한 크기로 골라서 쓰면 될 것이다."

노인은 작은 보따리를 이한성의 손에 쥐어주었다.

묵직한 은 조각의 느낌이 손에 전해졌다.

"아닙니다. 이건……."

"아니다. 우리가 이제 살면 얼마나 더 살겠느냐. 이것이면 빚을 갚고도 우리 두 늙은이 평생 호의호식하며 살 수 있다. 혹시 병이 들 때에 대비해서도 충분히 챙겼으니 아무 걱정 말고 받도록 해라."

노인은 훨씬 더 무거운 자신의 몫을 손에 올려 확인까지 시켜주며 이한성의 부담을 덜어주었다.

이한성은 혹시 강 노인이 노인 자신의 보따리에 은 대신 돌이나 다른 것을 넣지 않았나 보따리를 풀어 확인까지 하고 나서 자신의 몫을 받았다.

“허허!”

노인은 이한성의 치밀함에 너털웃음을 터뜨렸다.

“이젠 이걸 숨겨놓고 난 좀 자야겠다. 몸이 하루가 다르구나. 예전이라면 나뭇짐을 한 짐 지고서도 며칠은 돌아다닐 수 있었는데 말이다. 끄응!”

노인은 고단한 신음을 흘린 후 자신의 집으로 돌아갔다.

이한성은 자신 몫으로 받은 은 덩어리를 손에 들어 다시 무게를 가늠해 보았다.

팔을 통해 전해져 오는 묵직한 느낌이 왠지 모를 뿌듯함을 느끼게 했다. 이 느낌 때문에 사람들은 그렇게 은원보에 광분하는 것일까?

언젠가 정주의 유씨세가로 갈 일이 생기면 노잣돈은 걱정하지 않아도 될 것 같았다.

이한성은 보따리를 벽 위쪽에 난 작은 구멍 속에 숨겼다.

그곳은 흙이 떨어져 나가며 자연적으로 구멍이 난 것인데 고칠 새가 없어 그냥 두고 있었던 것이다.

‘이젠 뭘 하지?

다음 날 아침 일찍 일어난 이한성은 방바닥에 우두커니 앉아 생각에 잠겼다.

모든 짐을 벗어던지자 다시 몸이 허공으로 떠오르는 느낌이었다.

강 노인 부부의 빚은 물론 노후까지 걱정하지 않아도 되게 해놓았으니 이젠 더 이상 약초를 캘 필요도 없었다.

어머니의 약값을 벌기 위해 온 종일 약초를 찾아 산으로 헤맬 때는 단 하루라도 만사를 제쳐놓고 푹 쉬어봤으면 좋겠다고 생각했는데 막상 아무 할 일도 없어지자 사람이 허깨비가 되는 기분이었다.

이한성은 품속에 손을 넣어 어머니의 유품인 철패를 꺼냈다.

그동안 어머니처럼 자신도 부지런히 철패를 닦았기에 손바닥에 전해지는 철패의 느낌은 한 군데도 거친 곳이 없이 매끄러웠다. 아마도 예전보다 더 반질반질하게 빛이 날 것이다.

이한성은 손가락 끝으로 철패를 세세하게 만져보았다.

시력을 잃기 전에 보았던 것처럼 복잡한 문양이 양각되어 있는 것 외에 다른 것은 느껴지지 않았다. 신분을 나타내는 단순한 철패 외에 다른 용도는 없는 것이 분명했다.

이한성은 정수리에 신경을 집중하여 색감도 느껴보았다.

정수리로 느끼는 색감은 붉은색과 푸르스름한 단조로운 색뿐이었지만 그 색의 강도 차이로 인해 눈으로 감지하지 못하는 것까지 볼 수 있었다. 그러나 철패는 어느 곳에서나 비슷하게 푸르스름한 색감만 나타낼 뿐 특별한 것은 없었다.

철패를 품에 넣은 이한성은 방바닥에 드러누웠다.

모든 것에 흥미를 잃게 되자 온몸이 다시 허깨비가 되는 것도 같았고 바람처럼, 구름처럼 가벼워지는 것도 같았다.

잠시 아무런 생각도 하지 않고 그렇게 누워 있던 이한성은 벌떡 몸을 일으켰다.

정수리 한복판에서 간지럼증이 느껴졌다.

조금 전 한참 동안 정수리에 최고조로 신경을 집중하며 철패를 살핀 때문인 것 같았다.

이한성은 세차게 머리를 긁었다.

그러나 가려움증은 가시지 않았다.

급히 밖으로 나온 이한성은 부엌에 있는 독을 찾았다.

올 봄에 정수리로 뱀이 기어들어 오는 듯한 느낌이 들었을 때 얼음처럼 차가운 개울물에 머리를 담그고 몸을 담그니 나아졌다.

그때의 기억을 되살린 이한성은 독에 담긴 물 속에 머리를 담갔다.

차가운 물에 머리가 시원해졌지만 가려운 기운은 여전했다.

오히려 가려움증은 더 심해졌다.

이러다 미칠 것 같았다.

정수리로부터 시작된 가려움은 이제 전신으로 번져 나가 수천 마리의 뱀이 온몸을 타고 오르며 기어다니는 것 같았다.

발버둥을 치던 이한성은 다시 방으로 들어왔다.

누군가에게 미친 듯이 버둥거리는 모습을 보여주지 않기

위해서였다.

방바닥에 주저앉은 이한성은 정수리에 신경을 집중했다.

긁어도 안 되고, 물에 머리를 처박아도 안 되니 신경을 집중해서 가라앉기를 바랐다.

아니, 더 자세히 말하면 무의식중에 그렇게 되었다.

온 신경을 정수리에 모으고 한참 동안 꼼짝도 하지 않고 앉아 있자 스멀거리는 느낌이 조금 가라앉았다.

온몸으로 번져가던 느낌이 서서히 정수리에만 국한되었다. 그것만으로도 살 만했다.

이한성은 닷새 동안은 산에 오르지 않고 방 안에 틀어박혀 있었다.

강 노인 부부나 다른 사람들에게는 몸이 좀 피곤해서 쉰다고 하고는 하루 종일 책상다리를 하고 앉아 정수리에 신경을 집중했다. 그렇게 하여 뱀이 기어들어 오는 듯한 스멀거리는 기운을 몰아내기 위해 사력을 다했다.

닷새가 지나자 정수리에서 스멀거리는 기운이 모두 사라졌다.

긴 한숨을 내쉰 이한성은 밖으로 나왔다.

온 세상이 눈에 덮여 있었다.

이한성은 보이지 않는 눈을 끔벅거렸다.

이따금씩 차가운 바람이 불어오기는 하지만 아직 겨울이 되려면 멀었다. 그런데 온 세상이 눈으로 뒤덮이다니?

이한성은 고개를 세차게 흔들었다.

순식간에 세상을 덮은 눈이 사라지며 원래의 모습으로 돌아왔다.

세상이 눈 덮인 것으로 착각을 하게 만든 것은 뱀의 눈이 또 한 꺼풀의 허물을 벗은 때문이었다.

온통 붉은 색과 푸르스름한 색으로 보이던 세상이 이젠 백설처럼 하얀 색감으로도 느끼게 되었다.

눈이 덮인 듯한 하얀색은 무엇일까?

이한성은 정수리에 신경을 집중했다.

그러자 다시 하얀색의 색감이 세상을 뒤덮으며 서서히 안개의 모양으로 형상화되었다.

바람이었다.

바람의 모습이 하얀 안개의 모양으로 보이고, 아니, 느껴졌다.

허공을 자유롭데 떠돌며 아무런 막힘 없이 흘러가는 바람!

그것이 안개의 모양으로 느껴지고 있었다.

안개 속에서 인간의 형상이 느껴졌다.

강 노인이었다.

그러나 그 모습은 예전과는 또 달랐다.

예전에는 붉은 색감으로 온기가 느껴졌다면 지금은 노인의 몸속에 일고 있는 바람이 느껴졌다.

코를 따라 노인의 몸속으로 스며든 바람이 가슴으로, 그리

고 핏줄을 따라 온몸으로 휘도는 모습이 어렴풋이나마 느껴
지게 되었다.

이한성은 강 노인의 몸속에서 수많은 바람이 쉴 새 없이 불
고 있는 모습을 넋을 놓고 관조했다.

바람은 코와 입을 통해 시시각각 온몸 구석구석으로 휘돌
다가 다시 코와 입을 통해 대기 중으로 뿜어져 나왔다.

노인의 몸속으로 들어갈 때는 아침 안개처럼 하얗던 바람
이 몸속을 휘돌다 다시 뿜어 나올 때는 저녁 안개처럼 어두운
색이었다.

이한성은 코로 빨아들인 인간의 들숨이 허파에서만 머물
다 입으로 다시 나오는 것이 아니라 허파를 지나 온몸 구석구
석으로 휘돈 후 입으로 다시 토해진다는 것을 처음으로 알았
다.

그것은 새로운 발견이었고 전혀 다른 세상을 접하는 기분
이었다.

강 노인이 그렇다면 다른 사람들도 그럴 것이고 자신도 마
찬가지일 것이다.

이한성은 급히 자신의 몸을 내려다보았다.

보통의 눈으로는 자신의 뒤통수를 쳐다볼 수 없었지만 정
수리를 통해서 보는 눈은 뒤통수는 물론 사방팔방 어느 한 곳
사각(死角)이 없었다.

머리끝에서 발끝까지 마치 멀리서 남의 몸을 보듯 훤히 관

조할 수 있었다.

자신의 몸속에서도 하얀 바람이 휘돌고 있었다.

강 노인의 탁한 색감과는 비교할 수 없을 정도로 새하얗고 맑은 바람이었다. 아마도 아이와 노인의 생명력의 차이가 그런 색감의 차이로 나타나는 것이 분명했다.

그 바람이 온몸을 휘돌다 코로 다시 토해져 나왔다.

이한성은 너무도 신비로운 경험에 강 노인이 바로 앞까지 다가온 것도 의식하지 못하고 자신의 몸을 내려다보고 있었다.

"어디가 아픈 것이냐?"

강 노인이 심려 가득한 음성으로 물었다.

언제나 자신이 다가가는 것을 한참 전부터 알아채던 이한성이었다. 그런 아이가 오늘은 코앞까지 다가갔는데도 멍하니 서 있으니 덜컥 걱정이 된 것이다.

"아닙니다, 할아버지. 딴생각을 좀 하느라……."

이한성은 고개를 세차게 저으며 강 노인을 향해 고개를 들었다.

정수리에 집중하던 신경을 이완시키자 하얀색 바람은 보이지 않았다. 대신 붉고 푸르스름한 세상이 눈에 들어왔다.

강 노인의 형상이 불그스름한 불기둥 모양으로 생생하게 느껴졌다.

"아니라니 다행이구나."

강 노인이 안도의 한숨을 내쉬며 손에 든 보따리를 건넸다.

"아침과 점심은 이것으로 때우고 저녁은 집에 와서 먹도록 해라. 준비한 음식이 있으니……."

강 노인은 음식을 챙겨주고 집 뒤쪽에 있는 작은 텃밭으로 걸음을 옮겼다.

강 노인이 사라진 후 이한성은 음식을 먹는 둥 마는 둥 하고는 서둘러 사립문을 나섰다.

다른 마을 사람들을 만나기 위해서였다.

다른 사람들도 코로 빨아들인 바람이 눈처럼 하얀색으로 온몸 구석구석 맴돌다 먹구름처럼 탁한 색이 되어 다시 토해져 나오는지 보고 싶었다.

아낙 한 사람이 다가왔다.

강 노인처럼 밭으로 가는지 바쁘게 걷고 있었다.

이한성은 걸음을 멈추고 정수리에 신경을 집중했다.

뱀이 기어들어 오는 듯 정수리 한복판이 스멀거리기 시작했다. 그리고는 불그스름한 형상으로 비쳐지던 여인의 몸속에 하얀색 기운이 감돌기 시작했다.

좀 더 정신을 집중하자 코로 빨려 들어간 하얀 바람이 허파에서 아랫배, 팔, 다리 등 온몸 구석구석 휘감기더니 탁한 색이 되어 입으로 다시 토해져 나왔다.

강 노인이나 자신의 내부에서 일어나는 것과 마찬가지였다.

"마을 나왔느냐?"

다가온 아낙이 이한성을 보고 인사를 건넸다.

멍하니 서 있다 정신을 차린 이한성은 고개를 숙여 인사를 했다.

"그래! 방에만 있지 말고 이리저리 산보도 하고, 마을도 다니며 살아라. 이 마을에서는 다른 사람들과 별 차이 없이 다닐 수 있지 않느냐?"

아낙은 격려의 말을 던진 후 총총히 밭이 있는 쪽으로 향했다.

아낙의 뒤를 이어 아이 하나가 뛰어오고 있었다.

아낙의 아들로 밭일 가는 아낙을 쫓아가는 모양이었다.

역시 마찬가지였다.

아이의 몸속에서도 하얀 바람이 휘돌고 있었다.

다른 점이 있다면 그 바람이 훨씬 활발하고 색이 맑다는 것이다. 뛰어가는 아이라 더욱 활기차게 바람이 휘돌고 있었다.

결코 착각이 아니었다.

뱀에 물려 시력을 잃은 후 또 다른 능력 하나가 눈을 뜬 것이다.

사물을 온기로 인식할 수 있는 능력에 이어, 이젠 그 생기까지 읽을 수 있는 능력이 생겼다.

이한성은 멍한 기분에 우두커니 그 자리에 서 있었다.

보통 사람은 상상조차 할 수 없는 신비로운 능력이지만 기뿐 마음은 조금도 들지 않았다.

그런 능력이 아무리 많아도 눈에 비할 수 없었다.

그 능력들을 모조리 돌려주고 덤으로 수명까지 십 년 짧아진다고 해도 시력을 되찾고 싶었다.

구레나룻이 가득 덮인 황삼의 그 순박한 얼굴!

주름살 가득한 강 노인 부부의 인자한 얼굴!

마을 사람들의 순박하고 정겨운 눈빛!

가난하지만 그림 같은 마을의 풍경과 약초를 캐러 다니던 아름다운 산과 계곡!

어떤 신비로운 능력이라도 예전처럼 그것들을 생생히 쳐다볼 수 있는 것과 비교할 수 없었다.

그런 생각을 하니 미칠 듯한 갑갑증이 두터운 먹구름이 되어 전신을 덮어왔다.

"휴우—"

이한성은 긴 한숨을 내쉬었다.

그러다 문득 이상한 느낌에 정수리에 신경을 집중했다.

자신의 입에서 토해져 나오는 새하얀 바람은 처음 마실 때와 별다른 색깔 변화가 없었다.

처음 입으로 들어갈 때의 하얀색이 그대로 뿜어져 나오고 있었다.

조금 전 아낙을 따라 뛰어가던 아이도 몸속에서는 하얀색으로 감돌던 바람이었지만 입으로 토해져 나올 때는 탁한 색으로 변해 있었다.

물론 노인이나 어른들에 비해서 훨씬 맑은 색이었지만 들숨과 날숨의 차이는 분명히 있었다. 그런데 자신의 들숨과 날숨은 색감의 차이가 거의 느껴지지 않았다.

뱀에 물려 독이 온몸에 퍼졌다가 시력마저 잃고 다시 살아났으니 자신의 날숨은 건강한 아이보다 훨씬 탁해야 한다. 그러나 아무리 정수리에 신경을 집중하며 자신의 날숨을 바라보아도 탁기는 거의 느껴지지 않았다.

'피처럼 붉은 꽃잎에 의해 독이 중화되며 탁기마저 씻어버린 것일까?'

이한성은 고개를 숙이고 자신의 몸속을 휘도는 바람을 바라보았다.

허파로 들어간 바람이 아랫배로 내려갔다. 그리고는 그곳에서 까마득하게 사라졌다 무언가에 튕긴 듯 휘돌며 사지로 흘러갔다.

아랫배!

원인은 그곳에 있었다.

입을 통해 들어가 조금은 탁해지려던 하얀 바람이 아랫배를 통과함과 동시에 탁기가 완전히 씻겨 처음과 거의 차이가 나지 않는 색으로 변해 사지를 맴돌다 입으로 토해졌다.

이한성은 바람이 튕겨지듯 휘돌던 자신의 아랫배를 집중하여 관조했다.

순간적으로 이한성은 깜짝 놀라는 심정이 되었다.

아무것도 보이지 않았고 아무것도 느껴지지 않았다.

아랫배에 커다란 동굴이 뚫린 것 같았다.

그리고 그 동굴은 끝을 찾을 수 없을 정도로 넓고 깊은 느낌이 들었다.

이한성은 더욱 집중하여 그 허공 같은 동굴을 관조했다.

아무리 애를 써도 그곳은 느껴지지 않았다.

색감도, 크기도 느껴지지 않았다. 마치 허공에 뻥 뚫린 정체 모를 동굴처럼 모호한 느낌만 가져다주었다.

자신의 몸속에 있는 동굴에 자신이 송두리째 빨려들 것 같은 위태로운 느낌도 주었고, 그 동굴 속에 있는 무언가가 튀어나오면 자신의 몸이 갈가리 터져 나갈 것 같은 두려움도 느끼게 했다.

그곳은 마치 커다란 이무기가 도사린 시퍼런 호수 같은 느낌이었다.

"정신 차려라, 이 녀석아!"

귓전에서 울리는 고함 소리에 이한성은 퍼뜩 정신을 차렸다.

절벽에 매달려 있던 자신을 구해준 털보 사냥꾼 황삼이었다.

그의 어깨에 커다란 덩어리가 얹혀 있었다.

온기와 생기가 미미하게 느껴지는 것으로 보아 죽은 동물이 분명했다.

조금 더 신경을 집중하자 그것이 고라니라는 것을 느낄 수 있었다.

며칠 동안 산을 쏘다니다가 고라니 사냥에 성공하고 아침에 하산을 하는 모양이었다.

"사냥 나가는 길입니까?"

이한성은 아무것도 모르는 척 물었다.

"사냥 갔다가 돌아오는 길이다. 그런데 네 녀석이야말로 어쩐 일이냐? 보통 때는 한참 앞에서 발걸음 소리만 듣고도 귀신같이 사람을 알아보더니 오늘은 한 대 쳐도 모를 것처럼 서 있느냐?"

황삼의 목소리가 들떠 있었다.

제법 큰 고라니 한 마리를 잡았으니 그럴 만도 했다.

"아저씨의 발소리는 잘 안 들립니다. 노련한 사냥꾼이라서 그런가 봅니다."

"그래? 하긴 내가 좀 날렵하고 민첩하지. 그래서 은밀하게 다가가면 짐승들도 잘 못 알아채지."

황삼의 얼굴에 붉은 색감이 더 강해졌다.

아마 흐뭇하게 웃고 있으리라.

"자! 이게 뭔지 한 번 만져보아라."

황삼은 몸을 돌려 축 늘어진 고라니 머리를 이한성의 얼굴 쪽으로 가져다댔다.

“고라니를 잡았군요!”

이한성은 깜짝 놀라는 몸짓과 함께 환호성을 토했다.

“하하하하! 그래. 오랜만에 한 마리 잡았다. 오늘은 마을 사람들과 함께 위장에 기름칠 좀 해보자. 하하하!”

황삼은 커다란 웃음과 함께 자신의 집으로 총총히 걸어갔다.

‘저러니 아직 장가도 못 가지.’

이한성은 속으로 혀를 찼다.

오랜만에 제법 돈이 될 만한 짐승을 사냥했으면 내다 팔아 실속을 차릴 생각은 하지 않고 마을 사람들과 함께 포식할 생각부터 하니 돈을 못 모으고 서른이 넘도록 장가도 못 간 것이다.

물러터진 사냥꾼 황삼!

그리고…….

생명의 은인!

이한성은 문득 자신의 방 벽 속에 숨겨놓은 은덩이들이 생각났다.

반만 황삼에게 주면 장가도 갈 것이다.

물론 그에게 직접 주면 일 년도 가기 전에 다 써버리고 남에게 다 빌려줘 버릴 테니 강 노인을 후견인으로 세워 필요할 때마다 건네주게 하는 게 나을 것이다. 강 노인이라면 단 한 푼도 속이지 않고 황삼에게 모두 건네줄 것이다.

새로 얻은 능력과 함께 혼란했던 마음이 결혼해서 행복하
게 사는 황삼의 모습을 상상하자 말끔히 씻겨 나갔다.

"어서 먹어라. 너 먹이려고 닭을 삶아놓았는데 황삼이 고
라니고기까지 가져다주어 포식을 하게 생겼구나."

저녁을 자기 집에 와서 먹으라던 강 노인은 닭고기와 노루
고기로 푸짐하게 준비하고 이한성에게 먹기를 재촉했다.

산삼을 판 돈으로 빚을 갚고 생활의 궁핍마저 풀렸기에 노
파의 보신도 시킬 겸 닭을 준비한 모양이었다.

"전 별 생각이……."

"너 때문에 잡은 닭이다. 그런데 네가 사양한다면 우리도
먹지 못한다."

강 노인은 더욱 완강하게 이한성을 재촉했다.

이한성은 더 이상 거절하지 못하고 젓가락을 들었다.

노루고기에 닭도 두 마리를 삶았는지 양이 많아 포식을 했
다.

"더도 말고 덜도 말고 오늘만 같았으면……."

더 이상 노후를 걱정하지 않아도 된다는 사실을 모르는 노
파는 안타까운 음성으로 한숨을 내쉬었다. 아마도 강 노인이
다시 빚을 내어 닭을 사온 것으로 생각한 모양이었다.

"하늘에서 금송아지 한 마리라도 뚝 떨어지면 닭이 대순
가? 소라도 잡지."

강 노인이 농담을 했다.

"우리 같은 사람은 금송아지가 아니라 마른하늘에 날벼락을 맞지 않는 것만으로도 고맙게 생각해야지요."

노파는 손사래를 치며 대꾸했다.

"황삼 아저씨와 함께 인근 성시로 한번 나가보고 싶습니다."

식사가 끝난 후 이한성은 담담한 음성으로 말했다.

"그게 무슨 말이냐? 성시에는 왜?"

노파가 놀란 음성으로 물었다.

"이젠 마을 바깥 지리도 좀 익히고 싶습니다."

이한성의 대답에 두 노인은 잠시 동안 말이 없었다.

얼마 남지 않은 인생인 그들이 언제까지나 이한성을 돌볼 수 없었다. 후일 어떤 일이 생길지 모르니 성시까지라도 나가는 길을 익혀놓는 것이 나을 터였다.

강 노인이 천천히 고개를 끄덕였다.

"그래. 언제까지 이 좁은 곳에서만 살 수는 없는 일이지. 앞으로 밖으로 나가는 일도 생길 테니 미리 길을 익혀놓는 것도 필요할 게야. 내 황삼에게 부탁을 해놓겠다."

강 노인은 나지막한 한숨을 내쉰 후 다시 고개를 끄덕였다.

"그리고 이건 할아버지께서 가지고 계시다가 황삼 아저씨를 장가들이고 살림을 장만하는 데 써주십시오."

노파가 음식상을 들고 설거지를 하러 나갔을 때 이한성은

자신 몫의 은덩이에서 반이 조금 더 되는 양을 챙겨 강 노인
앞에 내밀었다.

"이, 이건 네 장래를 위한 것이 아니더냐?"

강 노인이 펄쩍 뛰듯 목소리를 높였다.

눈이 안 보이는 이한성에게는 그 은덩이들로도 부족하다
는 생각을 하고 있던 강 노인이었기에 놀란 모양이었다.

"황삼 아저씨는 제 생명의 은인입니다."

이한성은 그 말만 하고 입을 닫았다.

"휴우—"

한참 동안 아무 말도 않고 있던 강 노인이 마침내 긴 한숨
을 내쉬었다.

그의 뇌리에 버들네의 모습이 다시 떠올랐다.

第五章　세상 속으로

“대체 넌 어떻게 된 놈이냐?”

성시로 가는 길에 황삼은 호들갑을 떨며 말했다.

오랜만의 나들이에 황삼은 덩치답지 않게 들떠 있었다.

언제나 사냥을 하며 산속으로만 돌아다니는 그에게 있어 성시로 나가는 일은 거의 없었다. 고작해야 인근의 저잣거리에서 그동안 사냥한 짐승들의 가죽들을 팔았다. 게다가 강 노인으로부터 적지 않은 노잣돈까지 받은 터라 그는 난생 처음으로 여행을 하는 기분이었다.

“밧줄 하나만 의지한 채 어른들도 가기 힘든 절벽으로 내려간 일이나, 그곳에서 횡액을 당해 눈이 멀었는데도 불구하고 조금도 흐트러지지 않고 자기 할 일을 다 하는 모습을 보며 수십 번도 더 혀를 내둘렀다. 나 같으면 눈이 멀고 열흘도 되기 전에 미쳐 버렸을 텐데 말이다.”

황삼은 발걸음을 옮기면서도 이한성을 몇 번이나 쳐다보았다.

힘은 장사였지만 단순하고 마음 여린 그로서는 시력을 잃고 하루 종일 암흑 속에서 산다는 일은 생각만 해도 숨이 턱 막히고 발작을 일으킬 것 같은 심정이었다. 그런데 이한성은 그동안 한탄 한 번 하지 않고 묵묵히 자기 할 일을 하며 적응해 나갔고 이제 동네 안에서는 정상인들 못지않게 행동했다. 아니, 오히려 다른 감각이 발달하여 동네 사람들이 보지 못하는 것까지 감지하고 있었다.

황삼은 자기 나이의 반도 안 되는 이한성에게 이젠 아예 존경심까지 느끼는 중이었다.

“아저씨도 막상 닥치면 견뎌낼 수 있습니다. 인간은 그 어떤 존재들보다 적응력이 강하니까요.”

이한성은 대수롭지 않다는 듯 답했다.

“누가 우리 대화만 들었으면 네놈이 아저씨인 줄 알겠다. 하하!”

황삼은 마침내 너털웃음을 터뜨렸다.

첫날은 산중에서 보냈다.

　인근 저잣거리는 하루하고도 반나절이 더 걸리는 거리였다.

　황삼의 걸음걸이라면 그날 밤 늦게는 도착할 수 있었겠지만 눈이 보이지 않는 이한성을 인도하며 가니 아예 노숙을 작정하고 느긋하게 걸었다.

　이한성은 한달음에 마을 뒷산 꼭대기까지 치달려 올라갈 수도 있었지만 황삼의 손을 잡고 적당히 주춤거리는 걸음으로 걸었기에 더욱 더뎠다.

　가을이 깊어졌기에 밤의 공기는 차가웠다.

　그러나 황삼은 노숙에 익숙했고 이한성 역시 겨울 새벽 개울에 빠져도 금방 옷이 말라 버리는 힘을 얻은 상태였기에 조금도 불편하지 않았다. 큰 바위 아래에 자리를 잡고 저녁 내내 황삼이 모닥불을 성하게 태웠기에 더욱 아늑했다.

　맑은 늦가을이니 하늘에는 별이 쏟아질듯 빛나고 있을 것이다. 그 별들 중 한 개는 한시도 놓치지 않고 자신을 쳐다보고 있을지도 몰랐다.

　'어머니!'

　모처럼 모든 것을 잊고 호젓한 기분에 젖어드니 어머니 생각이 났다.

　어머니는 왜 그렇게 몸이 약했을까?

　혼자서 날 키우며 모진 고생을 해서 그런 것일까?

　문득문득 이런 산골에는 어울리지 않는 여자란 생각을 한

적은 있었다. 그래서 때때로 외갓집이 어디냐고 물어보았지만 어머니는 고아라는 말과 함께 알려주지 않았다.

물론 아버지나 친가에 대해서는 더 어릴 적에 물어보았다.

그때마다 너무나 슬퍼지는 어머니의 표정을 보며 다시는 묻지 않았다.

그리고 그 후에는 외가에 대해서만 간간히 물어보았다.

어머니는 정말 고아였을까?

스스로 드러내지 않았지만 모르는 글자나 글귀가 없는 것으로 보아 고아 같지는 않았다. 고아라면 겨우 자기 이름자나 쓸 줄 아는 수준일 테니까.

어머니에 대한 생각을 하자 자연스럽게 철패에 대한 생각도 꼬리를 물었다.

혹시나 해서 품에 넣고 온 철패에 손을 갖다 댔다

싸늘한 금속의 촉감이 손끝으로부터 전해졌다.

이 철패가 어머니의 신분과 연관이 있을까?

정주 유씨세가로 가면 철패의 주인과 함께 어머니의 신분에 대해서도 알 수 있을까?

비로소 정주 유씨세가에 대한 궁금증이 일었다.

이제까지는 어쩌면 영원히 가보지 못하는, 자신하고는 상관없는 가문으로 젖혀두고 있었다. 이제 어머니에 대한 궁금증이 일면서 능력이 되면 한번 가보아야겠다는 마음도 들었다. 그래서 어머니가 어떤 사람이었는지 알고도 싶었다.

"잠이 안 오는 것이냐?"

뒤척이는 기운을 느꼈는지 황삼이 말을 건넸다.

"집 떠나니 감회가 새로워서 그런가 봅니다."

"그럴 땐 열서너 살 어린애 같구나."

황삼이 풀썩 웃었다.

"어머니가 언제 우리 마을로 왔는지 기억나십니까?"

이한성은 조심스럽게 질문을 던졌다.

"네가 세 살쯤 되어 보이던 때에 버들 누님이 우리 마을로 왔으니까 십 년은 족히 된 것 같구나. 휴우―"

황삼이 긴 한숨을 내쉬며 답했다.

평소 이한성의 어머니를 누님이라고 부르며 깍듯이 대해 왔던 황삼이라 그녀를 떠올리자 가슴이 아파오는 모양이었다.

"저하고 둘만 왔습니까?"

"그래. 보따리 하나 들고 네 손을 잡고 우리 마을로 왔다더구나. 처음에는 며칠 쉬었다 갈 작정 같았는데 같이 살자는 강 노인 부부의 간곡한 부탁을 떨치지 못하고 차일피일 미루다가 그만 정착한 모양이야. 이건 내가 직접 본 건 아니고 들은 얘기다. 나는 그때 사냥을 나가 있었으니……."

황삼의 목소리가 젖어들었다.

"그 외 다른 것은 아는 것이 없습니까?"

"이 녀석아! 네 어머니에 대한 것을 나한테 물어보면 어쩌자는 것이냐?"

황삼이 어이없다는 음성으로 목소리를 높였다.

이한성이 생각해도 그랬다. 자신의 어머니에 대한 일이니 다른 사람이 자신에게 물어보아야 할 텐데 오히려 자신이 묻고 있었다.

그러고 보니 어머니는 스스로에 대한 것을 거의 알려주지 않았다.

조금 더 철이 들면 알려주려고 하다가 갑자기 돌아가신 것일까?

아니면 알려주고 싶지 않은 일이라 끝내 자신의 가슴에 묻고 떠나신 것일까?

"내일도 반나절은 더 걸어야 할 테니 억지로라도 잠을 청하도록 하거라. 나야 매일 산길을 쏘다니는 몸이지만 넌 그동안 집에서만 있었으니 몸살이라도 걸리면 큰일이 아니겠느냐."

"알겠습니다. 이제 자도록 하지요."

이한성은 잡념을 떨쳐 내고 애써 잠을 청했다.

황삼과 함께 저잣거리를 거쳐 나흘 만에 번화한 성시까지 도착한 후 이한성은 주로 사람들을 쳐다보았다.

아니, 정수리에 신경을 집중하며 주변에 있는 모든 사람의 모습을 관조했다.

애초부터 성시까지 나온 목적이 이것이었다.

산골에 사는 한정된 사람들을 넘어 각양각색의 사람들이 모이는 성시에서 그들의 생기를 읽고 싶었다. 그러다 보면 아직까지는 온통 혼란스럽기만 한 새로 얻은 이 능력에 대해 좀 더 확신할 수 있고 더 나아가 적응할 수도 있을 것 같았다.

그럴 때마다 정수리가 스멀거리는 느낌이 드는 것은 싫었지만 그것도 차츰 적응이 되어가는 듯했다.

좋은 점은, 눈으로 볼 때는 고개를 돌려 빤히 쳐다보아야 하지만 정수리를 통해 느낄 때는 등을 돌리고 서 있어도 환히 느껴진다는 것이다. 그러다 보니 훔쳐본다는 오해를 받지 않고도 사람들을 머리끝부터 발끝까지 세세히 살필 수 있었다.

황삼이 잠시 뒷간을 간 사이 이한성은 길 한쪽에 서서 정수리에 신경을 집중했다.

뛰어다니는 어린아이들과 바쁘게 걸어가는 어른들, 또 유람 나온 듯한 유생들과 처녀들의 모습이 정수리의 눈으로 환하게 느껴졌다.

그들의 몸에 흐르는 호흡의 생기가 산골 사람들과 조금도 다르지 않게 느껴졌다.

이한성은 자신에게 새롭게 생긴 능력이 이젠 착각이 아니라는 것을 확연히 느꼈다.

마음먹고 조금만 정수리에 신경을 집중하면 인간의 생기

를 읽을 수 있는 것이다.

'이러다 정말 뱀이 되는 것일까?

이한성은 자신의 손등과 얼굴을 쓰다듬었다.

뱀의 비늘 같은 것은 여전히 돋지 않았다.

그래도 걱정이 되는 것은 어쩔 수 없었다.

따가닥!

따가닥!

이질적인 소음 한줄기에 이한성은 다시 정수리에 신경을 집중했다.

그 소음의 원인은 두 마리의 말이었다.

두 마리 말이 어깨를 나란히 한 채 천천히 다가오고 있었다.

뒤에 어렴풋한 푸른색의 사각형 물체와 그 안에 앉아 있는 사람의 모습을 한 색감이 느껴지는 것으로 보아 마차가 분명했다.

이한성은 생전 처음 보는 말의 모습에 온 신경을 집중하여 말의 전신을 살폈다.

인간과는 전혀 다르게 훨씬 빠르고 강력한, 건강한 생기가 느껴졌다. 그래서 인간들보다 훨씬 힘이 좋아 인간들을 태우고도 질풍처럼 달릴 수 있는 모양이란 생각이 들었다.

천천히 다가온 마차는 이한성의 몇 장 정도 앞에서 걸음을 멈추었다. 그리고는 마차 안에서 두 사람이 내렸다.

어른 하나와 아이 하나였다.

가녀린 몸매에 하늘거리는 듯한 움직임으로 보아 아이는 소녀 같았다.

키는 이한성 자신보다 조금 작아 또래로 보였다.

그러나 몸은 무척 가늘었다.

저런 몸으로 밖으로 돌아다니다가는 바람에 날려가지 않을까 걱정이 될 정도였다.

소녀와 같이 온 어른은 탄탄한 체격의 중년인으로 보였다. 아마도 부녀지간인 모양이었다.

두 사람을 관조하던 이한성은 문득 신기한 모습에 신경을 집중했다.

소녀의 몸에 흐르는 호흡의 기운은 너무나 약했다.

거리가 좀 떨어져 있어서 제대로 느껴지지 않을 정도였다.

아마도 몸이 약해서 그런 것 같았다.

그러나 소녀의 손을 잡고 내린 중년인은 정반대였다.

이한성은 제대로 보이지도 않는 소녀의 호흡에서 신경을 돌려 중년인에게로 집중했다.

중년인의 몸 안에서 일어나는 호흡의 흐름은 이제껏 이한성이 보아온 것과는 확연히 달랐다.

이제까지 자신이 본 사람들의 호흡은 시시각각으로 변했다.

입이나 코에서 폐부로 흘러 들어간 호흡은 몸속을 맴돌며 순간순간 빠르기도 하고 느리기도 했다. 그리고 조금이라도 언성을 높이거나 몸을 빠르게 움직이면 그 호흡의 흐름은 예측불허 할 정도로 불규칙하게 흔들렸다.

그런데 지금 마차에서 내린 중년 사내의 호흡은 너무도 일정했다.

마차에 앉아 있을 때나, 몸을 일으켜 마차에서 내리고 소녀의 손을 잡고 움직일 때도 전혀 변화가 없었다. 처음 그대로 일정한 경로를 따라 일정한 속도로 온몸 구석구석 흐르고 있었다.

'어떻게 저럴 수가 있는 것이지?'

이한성은 자신의 감각이 잘못되지 않았나 혼란한 심정이 되어 정수리에 신경을 집중했다.

자신의 감각이 잘못된 것은 아니었다.

주변에 있는 다른 사람들 몸에 흐르는 호흡은 지금까지 자신이 느낀 그대로였다. 제멋대로 부는 봄바람처럼 시시각각이었고 흐름도 종잡을 수가 없었다. 그런데 마차에서 내린 중년 사내의 호흡은 너무나 일정하고 흐름도 규칙적이었다.

이한성은 계속 사내를 관조했다.

사내는 이한성이 자신에게 온 신경을 집중하고 있다는 것을 알지 못한 채 구경을 하는 소녀의 손을 놓고 조금 전 황삼이 예쁘다고 감탄을 하던 장신구점 안으로 들어갔다.

중년인의 손을 놓은 소녀는 연신 고개를 이리저리 돌리며 아래를 내려다보았다. 아마도 황삼처럼 장신구 구경에 여념이 없는 모습이었다.

'위험해!'

소녀에게서 다른 데로 주의를 돌리는 순간 이한성은 내심 고함을 질렀다.

무언가 불안한 움직임의 개 한 마리가 두 마리 말이 있는 곳으로 다가왔다.

그 개에게서 너무나 불규칙하고 폭주하는 듯한 호흡의 흐름이 느껴졌다. 그러다가 어느 순간에는 깜박 끊기기까지 했다.

정상적이 아닌 미친개의 모습이었다.

미친개를 본 말 한 마리의 호흡의 흐름이 급격히 빨라지고 있었다. 사람들은 알아차리지 못하고 있었지만 말은 자신을 향해 다가오는 개가 위험하다는 것을 본능적으로 느끼는 모양이었다.

푸르륵!

말의 입에서 거친 호흡이 토해졌다.

저런 호흡의 흐름은 인간들로 치면 광분하여 치고받고 싸울 때 느껴지는 현상이었다.

두 마리 말 중에서 오른쪽에 있는 말은 지금 광분 일보직전의 상태였다.

크앙!

미친개가 말을 향해 달려들었고 광분 일보직전의 말이 펄쩍 뛰어오르며 발을 내려찍었다.

그 발의 궤적에 장신구 구경에 여념이 없는 소녀의 머리가 고스란히 노출되었다.

"수린아!"

중년 사내 하유걸(河流杰)은 목이 터져라 비명을 질렀다.

딸의 장신구를 사기 위해 상점 안으로 들어와 고르는 사이 미친개에 놀란 말이 펄쩍 뛰어올라 발굽을 내려찍는 모습이 병풍의 그림이 순간적으로 한꺼번에 펼쳐지듯 눈앞으로 지나갔다.

너무나 찰나지간의 일이라 경공을 펼치거나 장력을 뿌릴 생각도 못한 채 고함만 지를 수밖에 없었다.

딸의 머리가 말발굽에 찍혀 박살이 나는데도 아무것도 할 수 없는 상황에 하유걸의 머릿속이 하얗게 탈색되었다.

백지장처럼 하얗게 탈색된 뇌리로 수박처럼 터진 딸의 머리에서 뇌수와 함께 선혈이 뿜어지는 모습이 그려졌다.

하유걸은 눈을 질끈 감았다. 아니, 감으려 했다.

반쯤 감기는 하유걸의 망막 속으로 누군가 딸을 향해 뛰어들었고 말발굽은 뛰어든 사람의 어깨를 비껴 찍으며 바닥으로 떨어져 내렸다.

"수린아!"

하유걸은 미친 듯이 고함을 지르며 벼락처럼 몸을 날렸다.

삼 장의 거리를 비호처럼 뛰어넘은 하유걸은 바닥에 나뒹군 딸 수린의 몸을 감싸 안았다.

순간적으로 자신의 뇌리에 그려지던 처참한 모습과는 달리 딸의 머리는 멀쩡했다.

터져서 뇌수가 흐르지도, 선혈이 분수처럼 솟구치지도 않았다. 바닥에 나뒹굴며 생긴 약간의 찰과상만이 얼굴에 새겨졌을 뿐이었다.

"수, 수린아! 괜찮으냐?"

하유걸이 딸의 뺨을 두드리며 다그치듯 고함을 쳤다.

"아, 아버지!"

갑작스런 사태에 영문을 모르겠다는 듯 딸이 커다랗게 뜬 눈으로 하유걸을 쳐다보았다.

"이 녀석아!"

하유걸이 통곡처럼 토해내며 딸 수린을 끌어안았다.

하나밖에 없는 딸이었다.

그리고 날 때부터 몸이 약해 대부분 집안에서만 지내왔다. 그런 갑갑함에 딸은 밖에 나가고 싶다고 며칠간 떼를 써서 모처럼 화창한 날을 잡아 밖으로 데리고 나왔다.

그런 차에 딸을 두 눈 고스란히 뜨고 쳐다보며 잃을 뻔했다.

하유걸은 더욱 세차게 딸을 끌어안았다.

"콜록! 아버지! 숨 좀!"

숨 막힌 딸의 기침 소리에 하유걸은 얼른 제정신을 차리고 팔에 힘을 풀었다.

여전히 딸을 안은 채 하유걸은 고개를 돌렸다. 그리고 몸을 날려 딸을 밀친 사람을 찾았다.

하유걸의 눈이 크게 뜨였다.

무림 고수가 아닐까 생각했는데 딸의 생명을 구한 사람은 뜻밖에도 딸 또래밖에 안 된 소년이었다.

소년은 말발굽에 어깨를 차인 탓에 정신을 잃고 있었다.

정통으로 차이지 않고 비껴 채었지만 열서너 살 아이에게는 바위에 부딪히는 충격이었으리라.

"한성아!"

천둥 같은 고함과 함께 털보사내가 미친 듯이 달려왔다. 그리고는 하유걸처럼 얼른 소년을 안아 들었다.

하유걸은 천천히 딸을 내려놓고 딸의 생명을 구한 소년에게 다가갔다.

'여긴 어디지?'

정신을 차린 이한성은 전혀 생소한 분위기에 잠시 주변을 살폈다.

꿈에서나 누울 수 있는 너무나 푹신한 침상과 부드러운 이

불이 몸을 감싸고 있었다.

또한 외풍이 숭숭 들어오던 자신의 방과는 달리 훨씬 더 넓은데도 불구하고 한 점의 외풍도 느껴지지 않고 아늑하기만 했다.

큰 부잣집 침실이 분명했다.

잠시 어리둥절해하던 이한성은 소녀와 같이 있던 중년인이 자신을 이곳으로 데려왔음을 짐작했다.

크고 튼튼한 두 마리의 말이 끄는 마차를 모는 사람이라면 이런 부유함은 누릴 수 있을 것 같았다.

"으윽!"

몸을 일으키려던 이한성은 외마디 비명을 질렀다.

어깨가 떨어져 나가는 듯한 통증이 느껴졌다.

자신에게는 도저히 어울리지 않는 침상이 무척 부담스러웠지만 이한성은 몸을 일으키려는 의도를 접고 다시 자리에 누웠다. 억지로 움직이려다간 영영 팔을 못 쓸 것 같다는 생각도 들었다.

이한성은 조심스럽게 손가락을 움직여 보았다.

어깨에 둔중한 통증이 느껴졌지만 손가락은 움직일 수 있었다. 그렇다면 병신은 되지 않을 것이란 안도감이 들었다. 얼마간 요양을 하고 어깨의 통증이 사라지면 정상적으로 움직일 수 있을 것이다.

손가락을 몇 번 더 움직이는 사이 밖에서 인기척이 나며 누군가 안으로 들어왔다.

소녀와 함께 있던 중년인이었다.

"깨어났느냐?"

굵직한 저음이 듣기 좋았다. 또한 그 음성은 중년인 특유의 것이라 이한성은 자신의 첫 느낌이 정확했다는 것을 느꼈다.

"누구신지요?"

이한성은 눈을 감은 채 질문했다.

"나는 하유걸이라고 한다. 그리고 여긴 우리 집인데, 산동성 제남(濟南)의 은하표국(銀河鏢局)이라고 한다."

하유걸은 이곳과 자신에 대해서 한꺼번에 답했다.

표국이라면 돈을 받고 물건을 운반해 주는 곳이라고 어렴풋이 들었다. 그래서 튼튼한 말과 마차가 있는 모양이란 생각이 들었다.

"어깨는 괜찮으냐?"

하유걸이 걱정스런 음성으로 물었다.

"통증이 심하긴 하지만 손가락은 움직일 수 있습니다."

이한성은 손가락을 움직이며 답했다.

"정말 다행이구나. 탈골이 되긴 했지만 뼈는 상하지 않았다. 손가락을 움직일 수 있다니 신경도 다치지 않은 모양이다. 푹 쉬며 한 달 정도 요양을 하면 나을 것이다."

하유걸은 안도의 한숨을 내쉰 후 잠시 침묵을 지켰다.

"정말 고맙다."

하유걸은 만 근 바위처럼 무겁게 감사의 말을 토했다.

미사여구 가득한 열 마디 말보다는 이렇게 무거운 한마디 말로 감사를 표하는 사람이 훨씬 진실하다.

그런 사람들은 언제나 말보다는 행동으로 모든 것을 표현하는 사람들이다.

어머니가 그랬고 강 노인이 그랬다.

또한 그런 사람들은 어려운 사람들이기도 했다.

이한성은 잠시 기다렸지만 하유걸은 더 이상의 말을 덧붙이지 않았다.

하지만 조금도 서운한 마음은 들지 않았다.

오히려 몇 마디 감사의 말을 덧붙였으면 불편할 것 같았다.

"저하고 같이 온 사람은?"

잠시 후 이한성은 황삼을 찾았다.

"황삼이란 사람은 옆방에 있다. 네 걱정을 하며 밤새도록 지키다가 아침이 되어서야 지쳐서 눈을 좀 붙이는 모양이다."

하유걸의 대답에 이한성은 나직하게 한숨을 내쉬었다.

"눈이 안 보인다고 들었다."

잠시 이한성을 쳐다보던 하유걸이 질문을 던졌다.

그의 목소리에 의구심 한 가닥이 묻어 있었다.

눈이 보이지도 않으면서 어떻게 자신의 딸을 구했을까 믿어지지 않는 모양이었다.

“약초를 캐다가 사고를 당해 시력을 잃었습니다.”

이한성은 간단하게 답했다.

“그런 몸으로 어떻게 내 딸을 구했단 말이냐?”

하유걸의 목소리에 이젠 강한 불신마저 어렸다.

“시력을 잃으니 다른 감각기관이 훨씬 더 예민해졌습니다.”

이한성은 여전히 눈을 감은 채 답했다.

“그것으로는 부족하구나.”

하유걸은 좀 더 세세한 설명을 요구했다.

시력을 잃음으로 해서 다른 감각이 아무리 발달한다고 해도 이미 십 년 전부터 고수의 명칭을 듣고 있는 자신도 느끼지 못한 위험을 감지하고 그런 움직임을 보일 수는 없는 일이다. 그것은 절정고수들이나 가능한 일이었다.

하유걸의 궁금한 마음과는 달리 이한성은 입을 꾹 다물고 있었다.

뱀에 물린 후 자신의 몸에 일어난 현상을 쉽게 설명할 수도 없었고 설명하고 싶지도 않았다. 또 설명을 한다고 해도 믿기 힘들 것이다.

“어떤 사고를 당했는지 알려줄 수 있겠느냐?”

이한성이 입을 다물고 있자 하유걸이 다시 물었다.

이한성은 약초를 캐려 절벽으로 내려갔다가 이상한 풀 포기를 발견하고 그걸 뽑으려다 뱀에 물린 사실만 간단히 설명했다. 그래서 감각이 비정상적으로 예민해졌다고 했다.

그건 황삼에게서도 들을 수 있는 사실들이었기에 숨길 필요가 없었다.

"어린 나이에 감당하기 힘든 일을 당했구나. 어쨌든 그로 인해 내 딸의 목숨을 구했으니 이젠 내가 보답을 하고 싶구나."

하유걸은 더 이상 세세한 것은 묻지 않고 말을 이었다.

"며칠 더 요양을 하고 나와 친분이 있는 의원에게 보이도록 하자. 그는 산동에서 손꼽히는 의원이니 네 눈을 뜨게 할 방도를 찾을지도 모르겠다."

하유걸은 간절함이 깃든 음성으로 말했다.

"그러지 않으셔도……."

이한성은 누운 자세 그대로 고개를 저으며 답했다.

아무리 다른 능력이 발달하고 그로 인해 남들이 볼 수 없는 것까지 본다고 해도 눈만 할 수 없었다. 시력을 되찾을 수 있다면 그 능력들 다 돌려주고 팔 하나까지 떼어준다고 해도 좋았다. 그만큼 시력을 되찾고 싶었다.

하지만 기대가 크면 실망도 크고, 또 그런 상황이었으면 소녀가 아니라 강아지라 하더라도 뛰어들어 구해냈을 것인데 그것으로 너무 큰 신세를 지기 싫었다.

신세를 지면 언젠가는 갚아야 하고 그것은 삶의 무게를 가중시키는 일이다.

하유걸은 아무런 말 없이 이한성을 내려다보았다.

소년에게서 쉽게 접할 수 없는 기품이 느껴졌다.

남루한 차림과 함께 비천한 산골마을 소년이었지만 자신 앞에서 조금도 비굴하거나 위축되지 않았다. 자신의 질문에 내내 짤막하게 답했고 필요한 말 외에는 한마디도 덧붙이지 않는 모습에서 세가의 공자들에게서도 느낄 수 없는 고집과 자존심이 느껴졌다.

황삼이란 사람에게 들은 바로는 올 봄까지 홀어머니 손에서 자랐고 이젠 어머니마저 돌아가셔서 고아나 마찬가지인 소년이라고 했다. 그런 소년에게 어떻게 이런 성격이 형성될 수 있는지 궁금했다.

그건 아마도 타고난 천품이리라.

"너는 어떻게 생각할지 몰라도 나는 너에게 태산 같은 은혜를 입었다. 그것을 만 분의 일이나마 갚고자 할 뿐이다. 그러니 아무런 부담 갖지 말고 푹 쉬도록 해라."

하유걸의 말에 이한성은 더 이상 거절을 하지 않았다.

처음 느낀 대로 하유걸은 말보다는 행동으로 자신의 마음을 나타내는 사람이었다.

그는 자신에게 태산 같은 은혜를 입었다는 생각을 하고 있었다.

그렇다면 아무리 거절을 하더라도 소용이 없을 것이다.

“쉬거라.”

하유걸은 이한성의 다치지 않은 어깨를 한 번 두드려 주고
는 방을 나섰다.

하유걸이 나가고 혼자 있게 되자 이한성은 다시 손가락을
움직여 보았다.

‘이게?’

이한성은 놀라는 심정으로 손을 관조했다.

아까는 손가락을 움직이는데도 어깨에서 심한 통증이 느
껴졌었다. 그런데 지금은 그 통증이 확연히 줄어들었다.

이한성은 다시 손을 움직여 보았다.

마찬가지였다.

팔을 움직여 보았다.

약간의 통증이 있었지만 처음 정신이 들었을 때 침상을 짚
고 일어나려다 비명을 지를 정도로 느껴지던 통증은 느껴지
지 않았다.

‘어떻게 된 일이지?’

이한성은 정수리에 신경을 집중하고 어깨를 살폈다.

안개처럼 하얀 숨결!

코를 통해 폐부를 들어가 온몸 구석구석을 돌아 나오는 그
숨결이 어깨에서 소용돌이처럼 휘돌고 있었다.

자신이 그렇게 의식하며 숨결을 어깨로 불어넣은 것이 아
니다.

그런 것은 할 줄도 몰랐고 할 틈도 없었다.

그런데 몸은 쉴 새 없이 깨끗하고 하얀 숨결을 어깨를 향해 집중적으로 흘려보내고 있었다.

'그때도 그랬어!'

뇌리로 문득 스쳐 가는 기억이 있었다.

올 봄, 정수리로 뱀이 기어들어 오는 느낌을 처음 받았을 때 미친 듯 발광하다 얼음장 같은 냇물에 뛰어들었었다. 그곳에서 바우 엄마를 만나고 꽁꽁 언 몸으로 냇가에서 가장 가까운 집 방에 들었지만 아랫목에 앉기도 전에 젖은 몸이 순식간에 말라 버리는 경험을 했다.

위급한 상황이 되자 아랫배로부터 붉은 불기둥이 치솟아 올라 온몸을 훈훈하게 데우며 기력까지 충만하게 만들었다.

지금도 그런 현상이 일어나고 있었다.

아랫배에 커다란 동혈 같은 공간에서 솟아오른 숨결들이 쉼없이 어개를 휘돌며 통증을 씻어내고 있었다.

이한성은 멍하니 자신의 몸속에서 일어나는 현상들을 관조했다.

기쁘기도 했지만 그만큼 두려웠다.

언젠가는 뱀이 되지 않을까 하는 공포감이 다시 엄습했다.

고개를 흔든 이한성은 신경을 이완시켰다.

아등바등 애를 쓴다고 해도 지금 자신이 할 수 있는 일은 없었다.

　뱀이 되면 인간의 발길이 닿지 않는 깊은 계곡으로 들어가
뱀으로 살아가면 된다.

　그렇게 생각하니 마음이 편했다.

　이한성은 몸의 모든 긴장을 풀며 푹신한 침대에 파묻혔다.

第六章
은하표국(銀河鏢局)

산동성 성도인 제남 외곽에 자리한 은하표국은 산동성에
서 세 손가락 안에 드는 표국이었다.

한때 그랬다는 말이다.

그러나 지금은 가세가 많이 기울어 열 손가락 안에도 들지
못하는 상태가 되었다.

그 이유는 하유걸의 딸 하수린(河水鱗) 때문이었다.

그녀는 위로 오빠 셋이 있어 삼남 일녀의 막내였다.

태어났을 때부터 그녀는 인형처럼 예뻤다.

머리도 타의 추종을 불허할 정도로 총명하여 네 살 때 천자
문을 다 떼고 다음 과정으로 넘어갈 정도였다.

그런 그녀기에 하유걸 부부는 물론 그녀의 오빠들과 은하 표국의 모든 식솔의 사랑을 독차지하였다.

그런데 한 가지 아쉬운 점은 몸이 너무나 약했다.

처음에는 그냥 체질적으로 입이 짧아 그런 줄 알았는데 그게 아니었다.

그녀가 다섯 살 때 하유걸은 산동 제일의 의원인 천호연(天湖蓮)과 교분을 맺었고, 우연히 집으로 찾아온 천호연으로부터 자신의 딸이 희귀 체질인 오음칠절(五陰七絶)절맥이라는 진단을 받았다.

하유걸은 하늘이 무너지는 듯한 느낌과 함께 바닥에 주저앉았다. 그리고 그의 부인 임소령(林素令)은 혼절하여 다음날 깨어났다.

희귀 절맥으로 태어났다면 운명으로 받아들이고 그에 맞게 살면 되었지만 문제는 오음칠절절맥으로 태어난 사람은 스물을 넘기지 못하고 생을 마감했다.

요정처럼 예쁘고 총명한 딸이 겨우 스물밖에 살지 못한다니?

하유걸은 천호연의 진단을 믿으려 하지 않았다. 그래서 중원의 이름난 명의를 다 찾아다니며 진맥을 거듭 받았다.

그러나 결과는 마찬가지였다.

허명만 높은 돌팔이들은 다른 진단도 내렸지만 명의들은 하나같이 천호연과 같은 진단을 내렸다.

그때부터 하유걸은 온갖 영약을 사들이고 갖은 치료를 다 하며 딸 하수린의 절맥을 치료하려 하였다.

그 결과, 한때 산동에서 세 손가락 안에 드는 은하표국이 지금은 열 손가락 안에도 들지 못하게 되었다.

그럼에도 불구하고 하유걸은 아직도 딸 수린의 치료를 포기하지 않았다.

가세는 점점 기울고 있었지만 하유걸이 수린에게 쏟아 붓는 돈은 해마다 늘어났다.

이대로 계속 간다면 은하표국은 산동의 표국 중 이십 위권 밖으로 밀려나며 이름마저 잊힐지 몰랐다.

"괜찮으냐?"

이한성을 살펴보고 온 하유걸은 이한성과 마찬가지로 침상에 누워 있는 딸 하수린을 내려다보며 물었다.

어제 이한성 덕분으로 죽을 고비를 넘기고 얼굴에 찰과상만 조금 입었다. 그러나 심적으로는 많이 놀랐는지 집에 돌아오자마자 자리보전을 하게 되었다.

"조금 기운이 없을 뿐 괜찮아요, 아버지."

하수린은 부친의 걱정을 덜어주려는 듯 해맑게 웃었다.

나이는 열네 살이었지만 정신적으로는 훨씬 어른스러운 그녀였다.

육체적인 아픔을 딛고 일어서며 그녀의 정신연령은 또래보다 한참 더 성숙한 것이다.

　그러나 부모 앞에서는 언제나 아무런 아픔도 없는 듯 천진하게 웃으려 했다.

　그런 그녀의 미소는 하유걸에게 언제나 가슴을 찢는 듯한 아픔을 주었다.

　"그렇다니 다행이구나. 어제 일은 잊어버리고 어서 기운을 차리거라. 그래야 이 아비의 가슴이 덜 아플 게 아니냐."

　하유걸은 인자한 미소와 함께 말했다.

　"아버지께서 뭘 잘못했다고 가슴 아파하세요. 제가 고집을 피우며 아버지 손을 놓은 때문이지요. 제발 그런 생각 하지 마세요, 아버지."

　하수린은 금방 눈물이라도 흘릴 듯한 표정으로 말하며 몸을 일으키려 했다.

　"아이구! 내가 말을 잘못했구나. 우리 딸을 어서 쾌차시키고자 한 말인데 오히려 부담만 주었구나. 그냥, 그냥 누워 있어라. 쉬고 나면 괜찮을 것이다."

　하유걸은 손사래를 치며 일어나 앉으려는 딸을 제지했다.

　"이젠 거의 기력을 회복했어요. 그러니 일어날게요."

　하수린은 억지로 몸을 일으켰다. 그녀의 몸이 바람에 휘날리는 갈대처럼 위태로웠다.

　하유걸은 속으로 혀를 찼다.

　몸은 약하지만 성격까지 그렇지는 않았다. 그래서 이렇게 마음을 먹으면 아무도 말리지 못했다. 더 이상 아버지 마음을 불편하게 하지 않겠다는 심정에 몸을 일으키려고 한 이상 말려도 소용이 없었다.

"정말 괜찮은 것이냐?"

하유걸은 딸을 부축하며 걱정스럽게 물었다.

"괜찮아요. 그보다 절 구한 사람은?"

하수린은 걱정스런 눈으로 하유걸을 쳐다보았다.

"조금 전에 깨어났다. 탈골은 되었지만 뼈는 다치지 않았고 손가락도 움직일 수 있다고 했으니 신경도 다치지 않은 것 같다. 조금 요양하면 회복될 것이다."

하유걸은 밝은 표정으로 딸을 안심시켰다.

딸 역시 자신을 닮아 신세를 지면 꼭 갚는 성격이다.

자신을 구한 사람이 크게 다쳤다면 그 이상으로 마음의 부담을 느끼게 될 것이다.

"다행이군요. 인사를 드려야 할 텐데……."

하수린은 어른 같은 말투와 함께 걱정스런 표정을 풀지 않았다.

"인사는 내가 충분히 했으니 넌 신경 쓰지 않아도 된다."

"그래도……."

하수린은 뜻을 굽히지 않았다.

"정 하려거든 좀 회복되면 하려무나. 지금은 통증 때문에 일어나 앉지도 못하니 네가 인사를 하더라도 오히려 불편해할 것이다."

하유걸은 딸이 납득할 만한 이유를 대며 만류했다.

"그렇겠군요. 그럼 정원에 나가 바람 좀 쐴게요."

"그래. 같이 나가자꾸나."

하유걸은 딸 하수린을 부축하며 밖으로 나갔다.

늦가을의 바깥바람은 제법 몸을 으스스하게 만들었다.

가지에 달린 나뭇잎도 거의 떨어지고 나뭇가지 사이로 부는 찬바람이 그대로 스며들었다.

이젠 초겨울이라고 해도 무방할 것 같았다.

"춥지 않느냐?"

정원을 산책하며 하유걸은 딸 수린의 안색을 살피며 물었다.

찬바람에 자칫 감기라도 들면 잘 낫지도 않아 여러 날을 고생해야 한다.

"괜찮아요, 아버지. 옷이 이렇게 두꺼운 걸요."

하수린은 자신의 겉옷을 톡톡 두드리며 말했다.

보통 사람보다 약한 몸이기에 그녀는 벌써 겨울 외투를 입고 있었다.

"그래도 찬바람을 마시면 감기 들지도 모르지 않느냐?"

하유걸은 여전히 안심이 안 되는 모양이었다.

찬바람에 씻긴 하수린의 얼굴은 벌써 발그레 물이 들고 있었다.

보통 사람이라면 오히려 핏기가 돌아 보기 좋겠지만 그것
이 무리한 때문에 일어나는 현상이라는 것을 알기에 하유걸
은 마음이 조마조마했다.

“그 사람… 절 어떻게 구했나요?”

하수린이 조용한 음색으로 질문을 던졌다.

하유걸도 마찬가지지만 하수린도 누워 있는 동안 내내 그
것이 궁금했던 것이다.

그땐 정신이 없어 무슨 일이 일어났는지도 몰랐다.

누군가에 떠밀려 넘어졌다 일어나니 아버지가 사색으로
달려와 자신을 안아 들었다. 그리고 자신 또래의 소년이 옆에
쓰러져 있었다.

나중에야 그 소년이 말발굽 아래에서 자신을 구했다고 들
었다.

그것도 놀라운 사실인데 그 소년은 사고를 당해 시력을 잃
었다고 했다.

눈도 보이지 않는 소년이 그런 절체절명의 순간에 어떻게
자신을 구했단 말인가?

“글쎄다. 나도 믿어지지가 않지만 직접 내 눈으로 봤으니
믿지 않을 수도 없는 일이지. 사고를 당한 후 다른 감각이 비
정상적으로 예민해졌다고 하더구나.”

하유걸은 더 이상은 자신도 아는 바가 없어 입을 다물었다.

“타고난 맹인이 아니니 눈은 고칠 수가 있겠지요?”

하수린이 다시 물었다.

"며칠 후에 천 의원이 올 테니 그때 진맥을 해볼 생각이다. 그러면 알 수 있겠지."

하유걸은 담담하게 답했다.

"아버지."

잠시 침묵을 지키던 하수린이 하유걸을 올려다보았다.

"그 사람… 눈을 고쳐주고 싶어요."

하수린이 애원을 하듯 말했다.

"내 능력 닿는 한 최선을 다하겠다고 약속하마."

하유걸은 묵묵히 고개를 끄덕였다.

"고마워요, 아버지."

하수린은 환하게 웃었다.

아버지는 지금까지 단 한 번도 약속을 어긴 적이 없다.

입으로 뱉은 말은 하늘이 무너져도 지키는 사람이다.

같이 온 황삼이라는 털보 아저씨로부터 올해 초 어머니를 잃고 시력마저 잃어버렸다는 말을 들었을 때 가슴이 많이 아팠는데 아버지께서 약속을 했으니 그 소년에 대한 걱정은 조금 덜 수 있을 것 같았다.

두두두!

밖에서 말발굽 소리가 들렸다.

표행을 나갔던 사람들이 돌아오는 모양이다.

"큰오빠가 돌아온 모양이에요."

하수린의 표정에 반가운 기색이 어렸다.

"다녀왔습니다, 아버님."

하유걸의 큰아들 하정현(河鼎炫)이 하유걸에게 인사를 올렸다.

최근 표물 운송을 지휘하며 밖으로 나갔다가 무사히 돌아온 그의 얼굴에는 강한 자부심이 어려 있었다.

"그래, 고생했다."

하유걸이 미소와 함께 아들을 쳐다보았다.

스물한 살의 큰아들 하정현은 이젠 코밑수염도 제법 돋아 헌헌장부의 모습을 내보이고 있었다.

"수린이가 큰 사고를 당할 뻔했다고 들었습니다."

하정현이 걱정스런 표정으로 물었다.

아마도 짐을 풀며 식솔들에게 들은 모양이다.

"곁에 있던 소년이 뛰어들어 수린이를 밀쳐내는 바람에 횡액을 면했다."

"소년이라고 했습니까?"

하정현이 놀란 얼굴로 물었다.

"그렇다. 나이도 수린이와 동갑인 열네 살이더구나."

하유걸은 묵묵히 고개를 끄덕였다.

"그런… 일이……."

하정현은 믿어지지 않는다는 표정이었다.

열네 살밖에 안 된 소년이 그런 일을 했다는 것이 이해가
되지 않았다.

"당장 만나보고 싶군요."

하정현도 하수린과 마찬가지로 이한성에 대해 각별한 관
심을 드러냈다.

"지금은 어깨가 탈골되어 일어나 앉는 것도 힘든 상태이니
회복되면 만나보도록 하거라."

"알겠습니다. 우리 공주님의 목숨을 구해주었으니 일어나
면 업어주어야겠습니다. 하하!"

호쾌하게 웃던 하정현의 얼굴이 잠시 후 진지해졌다.

"다른 할 말이 있는 게냐?"

하유걸이 아들의 표정을 살피며 물었다.

"실은… 오는 길에 황가장의 황 대인을 만났습니다."

"그런데?"

"표행 한 건을 의뢰받았는데 보수가 후합니다."

"그럼 좋은 일이 아니냐? 그런데 표정은 그렇지 않아 보이
는구나."

하유걸의 눈 사이가 약간 좁혀졌다.

평소 황가장의 황 대인에 대해 좋은 인상을 받지 못했기 때
문이다.

"대신 한 달 내에 북경까지 운송해 달라는 조건이 붙었습
니다. 기일만 지켜주면 보수는 두 배로 지불하겠다고 했습

니다.”

하정현이 약간 들뜬 음성으로 말했다.

두 배의 보수로 표행에 성공하면 점점 더 기울어가는 가세에 조금이나마 도움이 될 수 있기 때문이다.

“못 지키면?”

“보수는 없다는 조건입니다.

“그래서? 넌 어떻게 하겠다고 했느냐?”

하유걸이 약간 엄한 표정과 함께 물었다.

“의뢰를… 받아들였습니다.”

하정현이 뜸을 들이며 답했다.

“자신은 있느냐?”

하유걸은 물끄러미 하정현을 바라보다가 물었다.

자꾸 기울어가는 가세에 조금이라도 도움을 주겠다는 아들의 마음은 익히 알고 있다. 그러나 무리를 하여 표행을 하면 사고가 따를 가망성이 높았다.

“한혈마 네 마리만 내어주시면 충분히 가능합니다.”

하정현이 자신감 넘치는 목소리로 답했다.

하유걸은 잠시 대답을 미루고 허공만 쳐다보았다.

“좋다. 허락한다. 대신 이번 표행은 나도 동행하겠다.”

“아, 아버님!”

하정현이 놀란 표정으로 하유걸을 쳐다보았다.

최근 들어 표국주인 아버지가 직접 표행에 참가하는 경우는 드물었다. 그건 그만큼 큰 표행이 들어오지 않은 때문이기도 했고, 딸 하수린 때문에 오랜 기간 집을 비우려 하지 않았기 때문이다.

"저 혼자서도 충분히 할 수 있습니다."

하정현이 목소리를 높였다.

"이번에는 내가 동행한다. 더 이상 다른 말은 말아라!"

하유걸의 단호한 음성에 하정현을 입을 다물었다.

*　　　*　　　*

침상에 누워 지낸 지 사흘째다.

허리가 아프고 좀이 쑤신다.

처음에는 꿈에서나 볼 듯한 너무나 푹신하고 안락한 침대에 파묻히듯 몸을 완전히 눕히며 즐기기도 했지만 이젠 허리가 아프다.

역시 송충이는 솔잎을 먹어야 하는 모양이다.

태어나서부터 지금까지 딱딱한 침상이나 맨바닥에 익숙한 몸은 푹신한 침대에 심한 거부감을 나타내고 있었다.

어깨의 통증은 어제부터 전혀 느껴지지 않았다. 또한 움직이는 데도 아무런 지장을 느낄 수 없다.

무거운 물건을 들어 올릴 때는 약간 뻐근한 느낌을 주었지만 그 외에는 다치기 전과 다를 바가 없었다.

하지만 그걸 드러낼 수가 없어 억지로 아픈 척하며 누워 있으려니 그야말로 죽을 지경이다.

마음 같아서는 당장 뒷마당으로 나가 장작이라도 한 무더기 패고 싶다.

이한성은 침대에서 일어나 이리저리 허리를 뒤틀고 팔다리를 흔들었다.

우두둑! 하는 소리와 함께 멀쩡한 뼈마디도 비명을 지르고 있었다.

이한성은 왼쪽 팔을 뻗어 침상을 잡고 들어 올릴 듯 힘을 주었다.

이젠 뻐근한 느낌마저도 들지 않았다.

그야말로 완전히 회복되어 정상으로 돌아온 것이다.

그런데 그걸 밖으로 드러낼 수 없으니 답답하기 짝이 없었다.

사흘 전에는 일어나 앉을 수도 없었던 놈이 사흘 만에 완전히 다 나아 팔팔하게 뛰어다닌다면 모두들 괴물 취급하거나, 아니면 처음부터 속이지 않았나 의심을 하게 될 것이다.

이한성은 난감한 기분에 정수리에 신경을 집중하며 어깨를 관조했다.

아랫배에서 숫구쳐 올라와 상처 부위로 미친 듯이 휘돌던 하얀 기운이 더 이상 느껴지지 않았다. 다치지 않은 오른쪽 어깨와 마찬가지로 평상시처럼 흐르고 있었다.

회복되어 정상으로 돌아오니 자연스럽게 멈춘 모양이다.

그게 무슨 조화인지는 몰라도 뱀에 물린 후에 생긴 현상이다. 또한 그것은 무서운 회복력을 보여주었다.

만약 뱀에 물리지 않은 상태에서 어깨가 탈골된 후 이런 상태로 호전되려면 얼마나 걸릴까?

언젠가 비슷하게 다친 동네 아이의 경우를 보더라도 족히 석 달을 걸릴 것이다.

그런데 단 삼 일 만에 회복되었다.

기쁨을 넘어서 두려운 심정까지 들었다.

'그런데 언제까지 아픈 척해야 하나?

집주인 하유걸은 아무 걱정 말고 한 달은 요양하라고 했다. 그동안 이곳에서 지내라는 말이기도 했다.

은혜는 철저히 갚는 사람 같았으니 지금 떠난다고 해도 보내주지 않을 것이다. 그러나 한 달 동안이나 여기 있다가는 강 노인 부부가 걱정으로 쓰러질 테니 놀라더라도 다 나았다는 사실을 인식시켜 주고 조만간 떠나야 한다.

천 의원이란 사람에게 진맥을 받고 시력을 회복할 방법이 있는지 듣고 싶었지만 큰 기대는 하지 않았다.

하루 중 채 일각도 햇빛이 들지 않는 얼음 덮인 바위 절벽 틈에서 그렇게 선명한 피처럼 붉은 꽃을 피워 올리는 식물!

그리고 먹이라고는 아무것도 없는 그 식물의 뿌리 부근에 살던 투명한 색깔에 가까운 백사!

지금 곰곰이 생각해 보니 절대로 평범한 존재들은 아닌 것 같았다.

일세의 영물일 수도 있었고, 더 나아가 천고의 영물일 수도 있었다.

지금 자신의 몸에서 일어나는 현상들만으로도 그건 느낄 수 있다.

그런 백사에게 물렸고, 핏빛 꽃잎으로 생명을 건졌다. 그런 과정에서 잃은 시력이 쉽게 돌아올 리 만무했다.

천 의원이라는 사람이 바로 고쳐준다면 그건 천운이겠지만 자신은 그런 복을 타고나지 않았다. 그랬다면 처음부터 시력을 잃는 횡액을 당하지도 않았을 것이다.

이리저리 팔다리를 흔들던 이한성은 밖에서 들리는 조심스런 발자국 소리에 얼른 침대 위로 올라가서 앉았다.

문이 열리며 가녀린 체구의 인영이 방 안으로 들어왔다.

바람에 날아갈 듯한 몸매와 금방이라도 쓰러질 것 같은 걸음으로 보아 자신이 구해준 소녀라는 것을 알 수 있었다.

"일어났어?"

문 앞에 선 소녀가 조심스런 목소리로 물었다.

목소리 역시 몸매처럼 가녀렸다.

"누구……?"

이한성은 눈을 감은 채 소리가 나는 쪽으로 고개를 돌리며 물었다.

　이미 누군지 짐작하고 있었지만 그렇게 하는 것이 정상이었다.

"네가 새 생명을 준 사람."

가녀린 목소리가 꾀꼬리가 지저귀는 것 같았다.

"고마워!"

소녀가 이한성 쪽으로 조금 더 다가오며 말했다.

이한성은 무심코 소녀를 살피다 갑작스런 충격과 함께 자신도 모르게 전율했다.

소녀의 몸에서 너무나 익숙한 냄새가 느껴졌다.

스산한 바람 냄새!

이별의 냄새!

그리고…….

죽음의 냄새!

그것은 어머니의 몸에서 느껴지던 냄새와 너무나 닮았다.

第 七 章

절맥(切脈)

　정수리에 신경을 집중하여 소녀를 관조할 생각도 하지 못한 채 이한성은 한동안 멍하니 앉아 있었다.

　어떻게 이 어린 소녀의 몸에서 어머니와 비슷한 냄새가 느껴지는 것일까?

　"왜 그래? 많이 아파?"

　경직되어 있는 이한성을 보며 하수린이 걱정스런 목소리로 물었다.

　그제야 정신을 차린 이한성은 하수린은 관조했다.

　또다시 충격과 함께 전율이 일었다.

　보통 사람과 전혀 다른 호흡의 흐름이 느껴졌다.

살날이 얼마 남지 않은 노인도 이런 호흡은 아니었다.

비록 가늘고 불규칙하며 먹구름처럼 탁한 호흡이었지만 끊어지지 않고 사지로 흘러 다녔다. 그런데 소녀의 호흡은 곳곳이 끊어져 따로 흐르고 있었다.

그것은 마치 한 개의 방이 여러 개로 분리된 후 방마다 호흡이 따로 놀고 있는 것 같은 모양이었다. 그러다 아주 가끔씩 그 방들의 벽이 허물어지며 보통 사람들처럼 전체적으로 호흡이 흐르다가 이내 각각의 방에 갇혀 따로 흘렀다.

소녀의 몸은 여러 개의 벽이 쳐진 채 따로따로 살아 움직이고 있었다.

어머니도 이랬을까?

그래서 그렇게 몸이 약하고 단명했을까?

어머니를 생각하자 명치끝이 아파왔다.

이한성은 긴 한숨과 함께 고개를 저었다.

"아픈 게 아니라 조금 놀라서……."

이한성은 얼버무렸다.

"그렇구나. 내가 너무 갑자기 찾아왔지?"

하수린이 이해가 간다는 듯 고개를 끄덕였다.

여전히 호흡은 여러 개의 방에 갇힌 채 따로 흐르고 있었다.

"아버지께서는 며칠 더 있다가 인사를 하라고 하셨지만…… 생명의 은인인데 그럴 수가 없었어."

하수린은 차분한 음성으로 말하고는 침상에 앉아 있는 이한성을 그윽하게 내려다보았다. 아마도 이한성이 자신을 보지 못한다는 사실에 아무런 부담도 느끼지 않고 쳐다보는 모양이었다.

"다시 한 번 고마워."

하수린이 다시 인사를 했다.

"난 그냥 무의식적으로 한 일일 뿐입니다, 아가씨. 다른 누구라도 그랬을 테고……."

이한성은 아가씨라는 호칭과 함께 소녀와의 거리를 두려 했다.

자신이 소녀의 생명을 구해준 건 사실이지만 과분한 관심은 싫었다. 천 의원이란 사람에게 진맥이나 한번 받아보고 이 집을 떠날 작정을 하고 있는 이한성으로서는 아무런 미련도 두고 싶지 않았다.

"아가씨라는 호칭…… 싫은데. 내 이름은 하수린이야. 우리 그냥… 친구하면 안 될까? 같이 온 아저씨 말을 들으니 나이도 나하고 같던데."

하수린이 섭섭함이 감도는 음성으로 말했다.

"하수린……?"

예쁜 이름이라는 생각이 들었다.

그리고 몸매처럼 가녀린 느낌도 함께 들었다.

"그래, 하수린이야. 앞으로는 그렇게 불러."

하수린이 조금 밝아지는 음성으로 말했다.

"그런데 왜 그렇게 놀란 표정이야?"

눈은 감고 있어도 하수린의 호흡을 읽으며 놀란 감정이 얼굴에 드러난 것 이다.

"목소리가 어린 것 같기에……."

이한성은 서둘러 변명을 했다.

"그래, 그런 소리는 많이 들어. 목소리만 들어서는 열 살 정도로 느껴질 거야. 날 때부터 몸이 약해서 그래."

하수린은 최대한 굵은 음성으로 말하려 했지만 여전히 가녀린 목소리다.

"뭐 그렇지만 나중에는 목소리로 인해 오히려 몇 살 더 젊어 보일 테니 그땐 약점이 장점으로 바뀌는 거지. 어쨌든 나이는 너하고 같은 열네 살이야."

하수린은 이한성이 자신을 보지 못한다는 사실도 잊은 듯 고개까지 여러 번 끄덕이며 말했다.

'그래도 말투는 나이보다는 어른스럽군.'

이한성은 하수린의 말투에서 그녀의 가슴속이 어머니만큼 외롭다는 것을 느꼈다.

몸이 약해 마음대로 활동할 수 없던 어머니는 언제나 외로워 보였다.

그런 외로움이 하수린에게서도 느껴졌다.

그 외로움을 달래주고 싶었지만 그녀와 자신은 서로 다른 세상의 사람들이다.

"하지만… 아가씨와 난 태생이 다릅니다."

이한성은 매정하다 싶을 정도로 잘라 말했다.

말문이 막히는지 하수린이 잠시 침묵을 지켰다.

"아버지 말씀이 하나도 안 틀리고 맞네."

침묵을 깨며 하수린이 불쑥 말했다.

"……."

"아버지께서 말씀하시길 나를 구해준 소년은 태생과는 전혀 다른 천품을 타고났다고 하셨어. 신세지기를 싫어하고, 쉽게 속을 털어놓지도 않고, 어떤 무인 못지않은 자존심과 고집이 느껴진다고도 하셨어. 그런 사람은 쉽게 친구를 사귀지도 않는다고……."

하수린의 말에 이한성은 말문이 막혔다.

하유걸이 자신을 그런 식으로 평가하고 있을 줄은 상상도 하지 못했다.

그냥 하찮은 산골 소년이지만 딸의 목숨을 구해주었기에 빚을 갚으려 한다고 생각했다. 그런데 하유걸은 상상 이상의 평가와 함께 딸에게도 그렇게 말을 해준 모양이다.

'내가 그런 놈이었던가?'

이한성은 난생처음으로 자신을 돌이켜보았다.

이제껏 한 번도 그런 적이 없었다.

그럴 이유도, 그럴 여유도 없었다.

누가 차신을 어떻게 평하든 그건 자신과는 아무런 상관도 없는 일이었다.

아무리 독한 놈이라고 평해도 어머니 병구완을 하기 위해서는 남이 가지 못하는 위험한 곳까지 내려가서 약초를 캐야 했고, 아무리 착한 놈이라고 칭찬을 해도 게으름을 피우며 쉴 수가 없었다.

그런 생활 속에서 고집이 생겼을 수도 있었고, 쉽게 속을 열지 않는 성격이 형성되었을 수도 있었다.

그리고 신세를 지기 싫어하는 것은 어머니 탓이 컸다.

말을 알아듣기 시작했을 때부터 어머니는 신세진 것은 반드시 갚게 했고, 은혜는 뼈에 사무치게 기억하도록 가르쳤다.

그렇게 자연스럽게 형성된 성격을 하유걸 부녀는 천품으로 높이 평가한 모양이다.

"내가 병약한 비정상의 몸이라 친구 하기 싫은 거야?"

하수린이 슬픈 목소리로 말을 건네왔다.

의도적이거나 꾸민 것이 아닌, 짙은 비애가 느껴지는 목소리였다.

가족들 앞에서는 조금도 그런 티를 내지 않았지만 또래의 이한성에게서는 자연스럽게 감정의 표출된 것이다.

"나보다 더할까."

이한성은 자신도 모르게 피식 웃으며 답했다.

"미, 미안해. 난 그냥……"

이한성의 굳게 감은 두 눈을 쳐다본 하수린이 얼른 사과를 했다.

너무나 자연스런 이한성의 모습에서 까맣게 의식하지 못하고 있었던 것이다.

"그럼 친구 할까?"

잠시 후 하수린이 다시 말했다.

그녀의 독소리가 훨씬 조심스러워졌다.

"난 얼마 후면 떠날 거야. 그럼 다시 못 만날 테고."

이한성은 말은 높이지 않았지만 냉정한 현실을 일깨웠다.

'휴우~'

매정한 이한성의 목소리에 하수린은 낮은 한숨을 삼켰다.

아버지의 말씀이 거듭 맞는다는 생각이 들었다.

쉽게 마음을 열지 않는 성격에 고집도 강했다.

굳이 친구 같은 건 필요 없었다.

이제껏 그렇게 살아왔고 앞으로도 그렇게 살 수밖에 없을 것이다.

그런데 어쩌다 친구 하자는 말이 불쑥 나왔는지 모르겠다.

생전 처음 보는 소년이고 차림새도 너무나 남루했다.

그런데?

뭔지 모르는 이끌림!

눈을 감고 있었지만 한시도 놓치지 않고 자신을 쳐다봐 주는 느낌을 받았다.

정말 포근한 느낌이었다.

어머니나 아버지에게서는 이런 느낌을 받았지만 또래에게 서는 단 한 번도 느껴보지 못했다. 그건 오빠들에게서도 마찬 가지였다.

죽기 전에 그런 친구 한 명 만들고 싶다는 생각이 불쑥 들 었다.

기억해 줄 친구도 한 명 없이 짧은 생을 마감하는 것은 너 무나 슬프다는 생각도 들었다.

"그럼 그때까지라도 친구 하면 안 될까? 사실 난 지금까지 친구가 한 명도 없거든. 일 년에 몇 번밖에 나가지도 못하고, 나가도 얼른 돌아오기에 바빠 친구는 사귈 수가 없기 에……."

하수린의 목소리가 우울하게 가라앉았다.

"앞도 못 보는 인간을 친구로 사귀어봐야 좋을 것 하나 없 을 텐데. 차라리 네 또래 시비가 낫지."

이한성이 차분한 음성으로 말했다.

밖으로 나가도 너무도 허약한 몸이라 친구를 사귀지도 못 했을 것이다.

"우리 집에 그런 애가 있기는 해. 이름은 진금이라 하는 데…… 걔는 날 너무 불쌍하게만 봐. 그래서는 절대로 친구가 될 수 없다고 생각해."

우울하던 하수린의 목소리에 조금 날이 섰다. 또래의 시비가 자신을 쳐다보는 눈이 적잖이 마음에 들지 않은 모양이다.

"나는 네가 내 친구가 되어줬으면 기쁠 것 같아. 왠지 모르 겠지만 그런 느낌이 들어."

처음에는 아가씨라는 호칭으로 거리를 두던 이한성이 말을 편하게 한다는 사실에 하수린의 목소리가 조금은 생기를 되찾았다.

"부탁이야."

하수린의 목소리가 애절하게 들렸다.

이한성은 천천히 하수린에게로 고개를 돌렸다. 그리고는 천천히 그녀를 관조했다.

까짓, 친구 하자는 부탁, 들어줄 수도 있지만 이 소녀의 몸 에서는 이별의 냄새가 너무도 강하게 풍긴다.

마치 어머니 몸에서처럼……

하지만…….

더 이상 거절하면 이 소녀는 어머니보다 더 외로워질 것 같았다.

"그럼 내가 이 집에 있는 동안만 친구 하지."

이한성이 마침내 승낙을 했다.

"고마워! 정말 고마워!"

하수린이 팔짝거리며 목소리를 높였다.

순간적으로 하수린의 몸속에 처져 있던 여러 개의 벽이 일 시에 무너지며 각각의 벽 속에 갇혀 있던 호흡이 한 개의 큰 흐름으로 온몸을 맴돌기 시작했다. 그러나 그것도 잠시, 무너졌던 벽들은 다시 완강한 격벽을 이루며 호흡을 각각의 흐름으로 가두어 버렸다.

'아까는 말을 잘못했다. 네가 나보다 더한 것 같구나.'

이한성은 속으로 한숨을 내쉬었다.

그때 밖에서 인기척이 들렸다.

묵직하면서도 조심스런 발걸음으로 보아 황삼이었다.

"아이고, 아가씨! 여긴 어쩐 일로……?"

하수린을 발견한 황삼이 떠나갈 듯 목소리를 높였다.

그녀가 혼자서 이 방에 왔다는 사실이 놀라게 한 모양이다.

"아저씨 보고 싶어서 갔는데 없어서 이곳까지 왔지요."

하수린의 목소리가 대번에 밝아졌다.

순박한 황삼과 그새 정이 많이 든 것 같았다.

"잠시 정원 연못을 구경했지요. 잉어들이 너무 예뻐서 시간 가는 줄을 몰랐답니다. 물론 아가씨보다야 덜 예쁘지만."

황삼이 너스레를 떨었다.

"먹고 싶어서 구경한 게 아니구요?"

하수린은 이젠 농담까지 건넸다.

"예? 그게 먹을 수도 있는 겁니까?"

황삼의 목소리에서 강한 식욕이 느껴졌다.

"푸후! 우리 집 비단잉어들 큰일 났네. 호호호!"

하수린의 몸속에 버티고 있던 벽들이 다시 반쯤은 허물어졌다가 빠르게 원래로 돌아왔다.

　이한성은 물끄러미 하수린을 관조하다가 신경을 딴 데로 돌렸다.

　그녀를 관조하면 할수록 어머니를 너무도 닮았다.

　얼굴 생김새는 비교할 수가 없지만 다른 면에서는 너무나 흡사했다.

　그렇다면 하수린도 어머니와 같은 운명을 걷는 것일까?

　이한성은 세차게 머리를 흔들었다.

　"왜, 왜 그러느냐? 어디 아픈 것이냐?"

　황삼이 놀란 목소리와 함께 다가왔다.

　"아, 아닙니다. 며칠 내내 누워 있었더니 정신이 몽롱해서……."

　"그래도 그렇게 머리를 세차게 흔들면 어깨뼈가 다시 탈골될 수도 있지 않느냐?"

　그걸 깜박했다.

　다 낫고 아프지 않다 보니 불식간에 망각해 버린 것이다.

　이래서 꾀병은 금방 탄로가 나는 것이다.

　"이젠 많이 나았습니다."

　"그러냐? 그럼 갑갑하게 누워 있지만 말고 정원 산책이라도 하자. 네가 어서 나아야 다시 집으로 가지."

　황삼은 걱정하는 강 노인 부부를 떠올리며 말했다.

　그들에게는 이제 이한성이 유일한 혈육이나 마찬가지였다.

길게 잡아도 보름이라 했으니 그 후에도 소식이 없으면 걱정이 태산일 것이다.

"그래요, 아저씨. 우리 같이 산책해요."

하수린이 반색을 하며 먼저 이끌었다.

누구보다 반가웠던 이한성은 얼른 몸을 일으키며 그들을 따라나섰다. 그러다 어깨를 움츠리며 억지로 불편한 몸짓을 했다.

은하표국의 정원은 넓고 잘 꾸며져 있었다.

특히 황삼이 정신을 빼앗긴 정원 연못에는 어른 팔뚝보다 더 크고 굵은 비단잉어들이 유유자적 헤엄치고 있었다.

이한성으로서는 그 모든 것이 붉고 푸르스름한 색감으로 보일 뿐이지만 정상적인 사람이면 누구나 한 번쯤은 감탄사를 자아낼 정도였다.

"다시 봐도 멋진 정원이야!"

내내 이한성이 누워 있는 방에서 이한성을 지켜보거나 옆방에서 잠시잠깐 눈을 붙이며 지내다 오늘부터 정원으로 나온 황삼은 연신 감탄사를 토했다.

"저 연못 가운데에 있는 가산(假山)은 내가 다녀본 어떤 심산유곡보다 아름답다."

한동안 비단잉어에 관심을 빼앗기던 황삼은 이제 연못 한가운데에 만들어져 있는 가산을 보고 감탄을 금치 못했다.

그의 말대로 가산은 진짜 산과 비교해도 조금도 뒤지지 않을 만큼 정교하고 수려했다.

바위의 모습도 그랬고, 바위틈에 분재로 만들어진 소나무도 실제와 너무나 흡사했다. 그것들을 똑같은 비율로 확대시킨다면 중원에서 몇 손가락 안에 드는 멋진 풍경으로 꼽힐 것이다.

"그리고 저 바위 계곡에 어린 물방울은 꼭 안개처럼 보이고 그 옆에 있는…… 아가씨, 왜……?"

한참 열을 내며 감탄을 하던 황삼이 의아해하는 표정으로 고개를 돌렸다.

하수린이 팔꿈치로 슬쩍 황삼의 허리를 찔렀기 때문이다.

아무것도 보지 못하는 이한성을 옆에 두고 경치가 아름답다고 감탄사를 연발하는 것이 하수린의 마음에 걸린 것이다.

그제야 황삼도 실수를 깨달았는지 손바닥으로 자신의 입을 때렸다. 그리고는 깊은 눈으로 하수린을 쳐다보았다.

내내 같이 지낸 자신보다 하수린의 배려심이 훨씬 깊다는 것이 감탄스러웠기 때문이다.

이한성은 아무것도 모르는 척 그대로 서서 주변을 관조했다.

연못이 있는 곳은 푸르스름한 색으로 둥글게 퍼져 있었고, 그 가운데 산의 모양을 한 다른 색감이 느껴졌다.

아마도 그게 가산인 모양이다.

그러나 그 아름다움은 조금도 느낄 수 없었다. 단지 전체적인 윤곽만 느껴질 뿐이다.

비단잉어도 마찬가지였다.

연못이나 가산과는 달리 붉은 색감으로 유유히 헤엄치는 모습까지도 느껴졌지만 그 아름다운 무늬는 전혀 느낄 수가 없었다.

비감에 젖을 일이었지만 그건 이미 적응할 대로 적응했다.

이한성은 이따금씩 기합성이 들리는 쪽으로 고개를 돌렸다.

"우리 표국의 표사들이 무공 수련을 하는 소리야. 표행을 마치고 돌아와 쉴 때는 항상 수련에 매진해."

하수린이 이한성의 관심을 읽었는지 그쪽을 쳐다보며 말했다.

"보고 싶어? 아니, 그러니까 내 말은……."

보고 싶으냐는 질문에 어폐가 있다는 것을 느낀 하수린이 허둥댔다.

"그래."

하수린의 난처한 심정을 달래주려는 듯 이한성이 고개를 끄덕였다.

"그럼 가서 구경해."

하수린이 얼른 이한성의 팔을 끌고 기합 소리가 나는 쪽으로 걸음을 옮겼다.

“하압!”
“합!”
은하표국의 후원에는 오십 명가량의 사내가 우렁찬 기합
성과 함께 검술 수련을 하고 있었다.
앞에 선 표두 두 사람의 동작을 따라 일정한 기합성과 함께
일정한 동작을 펼치는 모습은 자신도 모르게 주먹에 힘이 들
어가게 만들었다.
황삼은 아예 넋이 나간 듯 입을 벌린 채 표사들의 수련 장
면을 쳐다보고 있었다.
사냥꾼이면 보통 사람보다는 오히려 무인 쪽에 더 가깝다.
삼류 무공이라도 무공을 익힌 사냥꾼은 훨씬 더 노련하게
사냥을 할 수 있다.
경공을 펼쳐 좀 더 쉽고 빠르게 사냥감을 추적할 수도 있었
고, 좀 더 정확하게 창이나 화살을 날릴 수 있었다.
황삼 역시 어린 시절부터 무공을 익혔으면 하는 바람은 있
었지만 그런 행운은 마주치지 못했다.
“아저씨, 옷에 침 떨어지겠어요.”
하수린이 핀잔을 주자 황삼은 얼른 입을 다물었다. 그리고
는 이한성의 눈치를 살폈다.
이한성은 못 박힌 듯 서서 표사들의 수련 장면을 관조했다.
‘이 사람들도 마찬가지다!’

이한성은 처음 하유걸을 보았을 때 느꼈던 의문이 다시 떠올랐다.

그때 하유걸의 몸에 흐르는 숨결은 보통 사람과 확연히 달랐다.

보통 사람들처럼 불규칙하고 몸을 움직일 때마다 시시각각 변하지도 않았다.

언제나 일정했고 똑같은 흐름을 이루고 있었다.

지금 무공을 수련하고 있는 표사들도 그랬다.

하유걸보다는 흔들림이 훨씬 많은 숨결이었지만 보통 사람에 비하면 훨씬 일정한 속도로 안정되게 흘렀다. 그리고 더 특이한 것은 수련 동작에 따라 모든 표사의 숨결의 흐름이 똑같다는 것이다.

이런 것은 절대로 자연스럽게 흐르는 것이 아니다.

의도적으로 숨결을 동일하게 이끌어야 하는 것이다. 그렇지 않았다면 같은 동작을 하더라도 사람마다 숨결은 제각각으로 흐른다. 그건 이곳까지 오면서 많은 사람을 보며 느낀 일이다.

똑같이 뛰어가더라도 보통 사람들의 숨결은 제각각이다.

'호흡을 의도적으로 이끌 수 있다는 말인가?'

이한성은 새로운 세상을 마주하는 기분이었다.

호흡이라는 것은 인간이 태어날 때부터 그렇게 만들어져 코에서 폐까지는 의도대로 빨아들이지만 그다음부터는 핏줄

속으로 피가 흐르듯 온몸 구석구석 알아서 휘돌아다닌다고 생각했다.

그런데 그것을 스스로의 의지로 이끌 수 있다고는 생각해 보지 못했다.

하지만 지금 마주한 표사들은 분명히 그렇게 하고 있었다.

동작에 따라 표사들 호흡의 흐름이 일정하게 흘렀다.

의도하지 않고는 절대로 저럴 수 없다.

무인이 아닌 사람들을 모아놓고 아무리 똑같은 동작을 따라 하게 해도 호흡은 제각각이다.

그건 누구보다 자신이 잘 안다.

이한성은 온 신경을 집중시켜 표사들의 움직임을 읽었다.

"멍청한 놈들아! 그게 아니라고 몇 번이나 말해야 알아듣겠느냐! 그 동작에서는 검을 좀 더 빠르게 지르고 진기는 반 푼만 불어넣어라! 그래야 검첨에 제대로 힘이 실리고 종이라도 한 장 제대로 꿰뚫을 수 있을 것 아니냐!"

갑자기 들리는 고함 소리에 이한성은 그쪽으로 주의를 돌렸다.

두 명의 인영이 걸어오고 있었다.

고함을 치면서 삿대질을 하고 있는 인영은 건장한 중년인이 분명했다. 그리고 그 옆으로는 허리가 조금 굽은 인영이 따르고 있었는데 아마도 초로인쯤 될 것 같았다.

중년인은 표사들의 검법이 마음에 안 드는지 계속 목소리를 높이고 있었다. 그러다 결국은 표사 한 명의 검을 뺏어 들고는 자신이 직접 시연을 했다.

이한성은 중년인의 모습에 신경을 집중했다.

하유걸 못지않게 일정한 숨결의 움직임이 느껴지는 중년인이었다.

표사들의 흔들리며 약간은 주춤거리는 흐름과는 달리 중년인의 숨결은 검을 휘두름과 함께 조금도 흐트러지지 않고 일정한 경로를 따라 도도히 흐르고 있었다.

'저것이 무공이구나!'

표사들과 중년인을 보며 이한성은 어렴풋하게나마 무공이 어떤 것인지 깨달았다.

보통 사람들은 도저히 상상할 수 없는 능력을 뿌리는 무림인들!

그동안 얘기책 속에서 읽거나 동네 청년들로부터 들은 무림인들을 도저히 이해할 수 없었다.

수십 장도 넘는 절벽을 박차며 뛰어넘고, 수백 근의 바위도 한 손으로 거뜬히 들어 올려 던지기도 하고, 한주먹에 박살을 내기도 한다고 들었다.

같은 인간이 어떻게 그런 능력을 발휘하는지 납득이 가지 않았다.

그들은 보통 사람들과 뭐가 다른지 궁금했다.

그 차이점 한 가지를 오늘 보았다.

아니, 느꼈다.

보통 사람들과 전혀 다른 숨결의 흐름!

의도된 호흡의 이끌음!

그것이 다는 아니겠지만 이한성이 느낀 가창 큰 차이점이었다.

이한성은 중년인의 모습에 더욱 신경을 집중했다.

"그리고 그다음 동작 역시 마찬가지다. 이렇게 다리를 좀 더 구부리고 하체에 힘을 실은 후 강하게 진기를 내뿜으며 검을 휘둘러야 짚단이나마 제대로 벨 수 있을 것 아니냐!"

중년인은 다시 질책과 함께 자세를 잡고 세차게 검을 휘둘렀다.

이한성은 순간적으로 깜짝 놀랐다.

입으로 빨아들인 숨결이 폐부에서 아랫배로 내려가 단단하게 뭉치는가 싶더니 갑자기 검을 향해 쏟아졌다.

그 순간 들어간 숨결의 양보다 훨씬 많은 숨결이 쏟아지며 중년인의 팔을 타고 흘렀고, 뒤이어 검신에까지 흘러들었다.

사람의 호흡이 신외지물(身外之物)인 검에게도 흐르다니?

그것은 정말 놀라운 광경이었다.

그러나 더 놀라운 것은 따로 있었다.

분명 입을 통해 들어간 숨결은 한 줌의 호흡이었는데 팔을 통해 검까지 쏟아진 호흡은 훨씬 더 많았다.

그 원인은 아랫배에 있었다.

중년인의 아랫배에 아른거리며 뭉쳐 있던 둥근 덩어리에서 들어간 것보다 훨씬 많은 숨결이 쏟아져 나왔다. 그리고 그 결과 둥근 덩어리가 미세하게 축소되는 것 같더니 다시 원 상태로 돌아왔다.

비로소 이한성은 자신의 아랫배에 자리한 시커먼 공간 같은 존재가 동혈이 아니라 어떤 덩어리라는 것을 깨달았다.

너무 검고 조금의 움직임도 없이 꼼짝도 않고 있어 시커멓게 아가리를 벌린 동혈이라고 느꼈는데, 중년인의 아랫배에 자리 잡은 덩어리를 보니 그 실체를 파악할 수 있었다.

중년인의 아랫배에는 둥근 덩어리가 뭉쳐 있었다.

조금 전 중년인이 검을 휘두를 때의 모습으로 보아 그 덩어리는 호흡이 뭉쳐진 것임을 알았다. 그 뭉쳐진 덩어리에서 호흡이 쏟아져 나와 검을 휘두른 순간 들어간 양보다 흘러나온 양이 더 많았다.

하얀색의 숨결이 뭉쳐 은색에 가까운 빛을 띠고 있었다. 그래서 처음에는 몸속을 흘러 다니는 숨결들과 잘 구별되지 않은 것이다.

이한성은 자신의 아랫배를 관조했다.

시커먼 동혈이 아가리를 벌리고 있었다.

그러나 이젠 그것이 시커먼 동굴이 아니라 어떤 덩어리란 것을 알았다.

아마도 호흡이 뭉쳐진 것과 같은 덩어리이리라.

중년인의 것보다 훨씬 더 크고 더 단단해 보였지만 중년인의 것이 은은한 은광이 빛나는 덩어리라면 자신의 것은 동혈 속의 암흑처럼 시커먼 색조였다.

또한 중년인의 것이 말랑한 반죽 같은 느낌이라면 자신의 아랫배에 자리하고 있는 덩어리는 차돌보다 더 단단하게 느껴졌다.

이한성은 자신도 모르게 숨을 참으며 의도적으로 호흡을 이끌려 했다.

자신 몸속에서 자유롭게 흐르던 하얀색의 숨결이 주춤거리더니 의식을 따라 미세하게 움직였다. 그러나 그것은 지극히 짧은 순간의 현상이었고, 숨결은 이내 제멋대로 흘러갔다.

이한성은 가슴이 뛰는 것을 느꼈다.

지금은 아주 짧은 순간에 일어난 현상일 뿐이지만 오랜 시간 그것을 연습하면 저 표사들처럼 될 수도 있다는 말이다.

더 나아가서는 중년인처럼도.

만약 자신도 무공을 익힌다면?

눈이 안 보이는 자신에게 무공은 보통 사람보다 몇 배는 더 큰 힘이 되어줄 것이다.

더 민감하게 사물을 인식하여 눈을 보조할 수 있고, 더 가볍게 몸을 움직여 시력을 잃음으로 해서 생길 수 있는 사고를 극복할 수도 있을 것이다.

하지만 그런 것들은 부수적인 일일 뿐이다.

진짜 바라는 것은 따로 있었다.

뱀에게 물린 후 자신의 몸 안에 어떤 것들이 웅크리고 있는지 알 수 없지만 무공을 익히면 그 능력을 자신의 의도대로 일깨울 수 있을 것이고, 더 나아가 몸 밖으로 몰아낼 수도 있을 것 같았다.

방금 중년인이 검을 통해 하얀 숨결들을 뿜어내듯이.

그렇게 되면…….

사고를 당하기 전처럼 정상적이고 평범한 몸이 되어 시력도 되찾을 수 있을 것이다.

가슴이 더욱 세차게 뛰었다.

혼자만의 망상일지는 몰라도 무공으로 배꼽 아래에 웅크리고 있는 동혈 같은 덩어리들을 모조리 몰아내면 시력을 되찾을 수도 있을 것이다.

시력만 되찾을 수 있다면?

그때는 무엇이든 할 수 있을 것 같았다.

하늘의 달도, 별도 다 딸 수 있을 것 같았다.

하지만 그런 것들, 아무것도 하고 싶지 않았다.

시력이 돌아온다면 이제껏 보아오던 세상과 사람들을 하루 종일 쳐다만 보고 있어도 모자랄 것 같았다.

붉은 불덩어리로만 보이는 사람들의 형체와 얼굴!

그 불덩이들에서는 웃는 표정도, 슬픈 표정도, 장난스런 표정도 단 한 가지도 볼 수 없었다.

시력이 돌아오면 아무것도 하지 않고 그 다양한 표정을 하루 종일 보고 싶다.

강 노인 부부나 황삼 아저씨의 선량하고 순박하기 짝이 없는 눈빛도 보고 싶다.

화창한 늦가을, 산등성이에서 미풍에 흔들리는 억새의 은빛 춤사위도 보고 싶고, 야생화 만발한 들판을 날아다니는 형형색색의 나비와 꿀벌의 군무(群舞)도 보고 싶다.

만물이 생동하는 여름날 들판 한가운데로 쏟아지며 지나가는 소나기도 보고 싶다.

또한 단풍이 온 산을 뒤덮은 가을의 정취도 한없이 쳐다보고 싶다.

함박눈이 쏟아져 온 세상이 솜뭉치에 뒤덮인 것 같은 겨울의 정경 역시 한 순간도 놓치지 않고 보고 싶다.

눈이 멀쩡할 때는 지극히 당연한 것으로 느껴지던 풍경들이 이제는 천국의 모습처럼 아득하게 멀고 애타게 그립다.

시력을 되찾으면 다시 천국으로 승천하는 기분이 들 것이다.

무공을 익히면, 그래서 아랫배에 웅크린 차돌 같은 기운을 몰아내면 가능할 것 같다는 예감이 운명처럼 강하게 전신을 감쌌다.

第八章　은거고수(隱居高手)

"방금 내가 가르친 대로 똑바로 수련해라. 안 그러면 평생 삼류표사의 수준을 벗어나지 못할 테니."

중년인은 따끔한 일침을 놓고는 손에 들었던 검을 주인에게 넘겨주었다.

"그리고 한 노인은 어서 이것을 장 대인에게 전해주시오."

시범을 마친 중년인은 품에서 무언가를 꺼내 노인에게 전해주었다.

"잘 알겠습니다요, 총표두님."

노인이 굽실거리며 중년인이 꺼내주는 것을 받아 들었다.

사각형의 두툼한 생김새가 서찰 같았다.

이한성은 무심코 노인을 관조하다 또 한 번 놀라는 심정이 되었다.

노인의 몸속에 흐르는 숨결의 흐름은 마치 대하와 같았다.

하유걸이나 총표두라 불린 중년인의 몸속에 흐르는 숨결의 흐름이 지극히 일정하고 규칙적이라면 노인의 흐름은 어떠한 폭우에도 범람하지 않는 거대한 강물의 흐름처럼 장엄하고 도도했다.

무공의 고하가 저 흐름에 비례한다면 노인은 하유걸이나 총표두라는 중년인과는 비교할 수 없는 고수일 것이다.

그런데 중년인의 지시에 굽실거리는 몸짓은 하인의 모습이었다.

그건 얼른 이해가 가지 않았다.

이곳에 있는 표사라는 사람들의 서열은 분명 호흡의 흐름에 비례하는 것 같았다.

총표두라 불린 사람과 하유걸의 호흡이 가장 굵었고, 그다음으로는 표사들 앞에서 시범을 보이는 사람들 순이었다.

그렇게 따진다면 노인은 아예 비교 자체가 불가능했다.

그런데도 하인이라면?

아마도 노인은 자신의 무공이나 정체를 철저히 숨기고 있는 것이 틀림없었다.

무공에 대해서는 문외한인 이한성이었지만 그것은 짐작할 수 있었다.

그만큼 노인의 몸속에 흐르는 호흡은 장엄하고 도도했다.

'대체 노인의 정체는 뭘까?'

이한성은 크나큰 궁금증을 느끼며 표국의 정문을 향해 종종걸음을 하는 노인에 온 신경을 집중시켰다.

순간, 빠르게 멀어지던 노인이 뭔가를 느꼈는지 휘익! 신형을 돌려 이한성 쪽을 한번 쳐다보았다.

그 순간, 이한성은 심장이 덜컥 내려앉는 기분을 느꼈다.

만약 눈을 뜨고 있었다면 노인의 시선과 정통으로 마주치고 쿵! 하고 엉덩방아를 찧었을지도 몰랐다.

순간적으로 고개를 돌리며 쳐다보던 노인의 기세는 그만큼 날카로웠다.

다행히 사각이 없는 또 하나의 눈을 가진 이한성은 노인과는 전혀 다른 방향으로 향한 채 서 있었기에 침착할 수 있었다.

갑작스럽게 이한성 쪽을 쳐다보다가 고개를 미미하게 흔든 노인은 빠르게 정문 밖으로 사라졌다.

"한성아!"

황삼의 큰 목소리에 이한성은 퍼뜩 상념을 접었다.

"대체 무슨 생각을 하기에 몇 번을 불러도 대답이 없느냐?"

황삼은 어이없는 표정과 함께 이한성을 내려다보았다.

사고를 당한 후 예전보다 훨씬 예민해진 이한성이다. 그런데 조금 전에는 귀머거리라도 된 듯 세 번을 불러도 대답을 하지 않았다.

넋이 나간 것 같기도 했고, 무언가 깊은 생각에 완전히 자신을 망각해 버린 것도 같았다.

"왜 그러십니까, 아저씨?"

상념에서 깨어나자 누군가 이곳으로 다가온다는 것을 느꼈지만 이한성은 모른 척 물었다.

"누가 널 보러 왔다."

황삼이 설명을 했다.

"우리 공주님의 은공이시군."

가까이 온 인영이 굵은 목소리로 말했다.

건장한 체구에 활달한 움직임의 청년이었다.

"우리 둘째 오빠야."

하수린이 이한성에게 소개를 했다.

건장한 청년은 표국주의 둘째 아들 하정탁(河鼎卓)이었다.

"반갑네. 난 수린이의 둘째 오빠인 하정탁이라 하네."

하정탁이 쾌활한 목소리와 함께 손을 내밀었다.

이한성은 순간적으로 손이 앞으로 나가려는 것을 억지로 참고 가만히 있었다.

"깜박했군."

하정탁은 왼손으로 이한성의 손을 잡아당겨 악수를 했다. 이한성이 눈이 안 보인다는 사실을 잊고 있었던 것이다.

“내 동생을 구해주어서 정말 고맙네.”

하정탁이 다시 감사를 표했다.

형식적인 아닌, 진심이 가득 묻어 있는 음성이었다.

“그때는 그냥 나도 모르게…….”

이한성이 말끝을 흐렸다.

거듭해서 이런 인사를 받으니 부담이 가중되는 느낌이다.

“그렇다면 더욱 감탄스럽군. 수많은 연습과 훈련을 통해 그렇게 하는 것은 쉽지만, 무의식중에 자신의 몸을 초개와 같이 던지는 일은 절대로 쉽지 않지. 그리고 믿어지지도 않고.”

갑자기 하정탁의 주먹이 뻗어 나왔다.

이한성은 깜짝 놀라며 고개를 옆으로 젖혔다.

하정탁의 주먹은 원래 이한성이 얼굴이 있는 한 치 앞에서 멈추어 있었다.

“무슨 짓이야, 오빠!”

하수린이 비명처럼 고함을 질렀다.

“이젠 믿을 수밖에 없겠군.”

하정탁이 탄성 어린 음성을 토했다.

“무슨 짓이에요, 둘째 오빠!”

하수린이 다시 고함을 질렀다.

아까는 깜짝 놀라서 지르는 고함이었다면 이번에는 감정이 실린 날카로운 음성이었다.

“이 친구에게는 미안한 일이지만 도저히 믿을 수가 없었거든. 어른도 아닌 소년이, 그것도 눈이 안 보이는 소년이 그 찰나의 순간에 말발굽 밑으로 뛰어들어 너를 구했다는 사실이 말이야.”

“그, 그건⋯⋯.”

하수린은 기가 막히는지 말을 잇지 못했다.

황삼도 같은 심정인지 고개를 절레절레 흔들었다.

“하지만 이젠 믿을 수밖에 없겠는걸. 전혀 예측할 수 없이 뻗은 내 주먹을 그렇게 간단히 피해 버리다니⋯⋯. 물론 피하지 못했다 하더라도 맞지 않았을 테지만.”

하정탁은 적이 놀란 표정으로 눈을 감고 있는 이한성을 뚫어져라 쳐다보았다.

지금도 마찬가지지만 자신이 주먹을 날릴 때와 고개를 젖혀 피할 때, 어느 한순간도 눈을 뜨지 않았다. 그런데도 반사적으로 주먹을 피해 고개를 젖혔다.

가까이서 갑자기 예고 없이 날린 주먹이었다. 그런 주먹이라면 이곳에서 훈련 받는 표사들이라 하더라도 피할 수 없었을 것이다.

그런데 이 소년은 눈을 감고 있으면서도 멀쩡한 사람보다 오히려 잘 피했다.

그 정도라면 순간적으로 말발굽 밑으로 뛰어들어 동생 수린을 구해내는 것도 가능할 것이다.

“놀랐다면 거듭 미안하네. 솔직히 말해 자네는 아무것도 모르고 나만 혼자 자네 코앞에 주먹을 내질렀다가 끝날 일이라 생각했지. 그런데 그게 아니군. 정말 놀랍네. 그런데 갑자기 고개를 틀어 어깨가 아픈 건 아닌가?"

하정탁은 다시 사과하며 걱정스럽게 물었다.

엉뚱하고 약간 과격한 구석이 있긴 했지만 담백하고 화통한 성격의 청년 같았다.

이한성은 괜찮다는 뜻으로 묵묵히 고개만 저었다.

"하하! 아버지 말씀대로 좀처럼 꺾이지 않을 고집이 느껴지는 친구로군. 마음에 들었네. 우리 집에서 오래 쉬다 가게."

하정탁은 호쾌한 웃음과 함께 멀어져 갔다.

"낮도깨비!"

하수린이 하정탁의 뒤통수에 대고 고함을 질렀다.

아마도 그의 별명인 듯했다.

멀어져 가는 하정탁을 바라보며 이한성은 나직한 한숨을 내쉬었다.

하정탁의 말대로 그 혼자서 주먹을 내질렀다 코앞에 멈추고는 끝내는 게 정상이었다.

시력을 잃고 다른 감각이 발달했다고 하더라도 그렇게 소리 없이 날아오는 주먹은 피할 수 없는 일이다.

정수리에 생긴 또 다른 눈이 각성되지 않았다면 그렇게 되었을 것이다.

그 눈으로 인해 이한성은 하정탁의 움직임을 한발 먼저 읽었고, 무의식적으로 고개를 젖힌 것이다.

자신이 하수린을 구한 사실을 믿게는 했겠지만 기분은 착잡했다. 맞지 않았다 하더라도 코앞으로 주먹이 날아오는 경험은 절대로 유쾌할 리 없으니까.

"미안해. 내가 다시 사과할게."

하수린이 이한성의 마음을 읽었는지 손을 잡으며 사과했다.

"괜찮아. 진짜로 때리려고 한 것도 아닌데, 뭐."

이한성은 얼른 고개를 흔들었다.

"그렇게 생각해 주면 고맙고."

하수린의 목소리가 다시 밝아졌다.

"아니, 한성이 너, 아가씨한테 그게 무슨 말버릇이냐?"

황삼이 당황한 음성으로 끼어들었다.

이한성이 하수린을 친구처럼 대하는 것에 놀란 모양이다.

"아저씨, 우리 친구 하기로 했어요. 나이도 같고, 생명의 은인이기도 하고……. 그러니 아저씨께서도 그리 아세요."

하수린이 얼른 나서서 설명했다.

"예에? 그렇지만……."

"왜요? 내가 너무 허약하고 볼품없어 자격 미달인가요?"

하수린이 화난 듯한 음성과 함께 다그쳤다.

"아가씨, 그게 아니라 우리는……."

"아저씨와 한성이는 정상인데 저는 병약하고 정상이 아니라는 말씀이군요?"

하수린이 금방이라도 울 것 같은 표정을 지었다.

"그, 그런 말이 아니라는 것은 아가씨가 더 잘 아시지 않습니까. 아이고!"

황삼은 마침내 비명을 내질렀다.

"킥!"

하수린이 실소를 터뜨렸다.

순박한 황삼은 하수린의 상대가 아니었다.

"그럼 친구 해도 되는 거죠?"

하수린은 애원조의 눈으로 황삼을 쳐다보았다.

순간적으로 황삼은 멍한 표정이 되어 할 말을 잃어버렸다.

장난기 어린 애원조의 표정을 한 하수린은 그야말로 요정 같았다.

만약 살이 오르고 건강해져 다른 열네 살의 소녀들과 비슷한 상태라면 벌써 사내들의 가슴을 쿵! 하고 내려앉혔을 것이다.

"허락해 주세요, 아저씨. 네?"

하수린이 황삼의 팔까지 잡고 애원했다.

"제가 허락하고 말고 할 것이 뭐 있습니까. 제가 이 녀석 아버지도 아닌데. 어쨌든 아가씨 아버지께 호통이나 안 당하게 해주십시오."

황삼이 고개를 끄덕였다.

"고마워요, 황삼 아저씨. 그리고 우리 아버지는 한성이를 평생의 은인으로 생각하고 있으니 그런 걱정은 조금도 하지 마세요. 내가 몇 년 동안 한성이의 종이 된다고 해도 허락하실 거예요. 호호!"

"아이쿠! 종이라니요. 빈말이라도 그런 말씀 마십시오. 누가 들을까 겁납니다."

황삼이 사방으로 고개를 두리번거렸다.

"말이 그렇다는 얘기예요. 그러니 아무 걱정 마시고 다른 데도 구경하도록 해요."

하수린이 이한성의 팔을 끌고 앞서자 황삼도 고개를 절레절레 흔들며 두 사람의 뒤를 따랐다.

"정말 놀라운 녀석일세!"

이한성을 만나고 처소로 돌아가는 하정탁은 연신 고개를 갸웃거렸다.

도저히 믿어지지 않았다.

정상인도 아닌, 시력을 잃은 채 눈을 감고 있는 녀석이 자신의 주먹을 피하다니…….

눈 대신 다른 감각이 아무리 발달한다고 해도 그건 이해가 안 가는 일이다.

혹시 무공을 숨긴 것이 아닐까 싶어 손을 끌어당겨 악수를 할 때 맥문까지 짚어보았다.

하지만 무공의 흔적은 전혀 느껴지지 않았다.

다른 사람보다 손이 좀 더 따뜻하다는 느낌은 받았지만 무공을 익힌 녀석은 아니었다.

하긴, 산골에서 약초나 캐며 살아온 녀석이 무공을 익힐 리가 없다.

"그런데도 그런 움직임이 가능하다고?"

하정탁은 고개를 흔들었다.

"만약 실눈을 뜨고 있었다면?"

이마를 좁히던 하정탁은 더 세차게 고개를 흔들었다.

두 눈 번쩍 뜨고 있었어도 갑작스럽게 뻗은 주먹은 피할 수 없다.

일반적인 경우라면 주먹이 코앞에서 멈추고 나서야 놀란 눈을 부릅뜨고 움찔 뒤로 물러날 것이다.

그것이 정상이다.

"대체 어찌 된 녀석이지?"

하정탁은 비 맞은 중처럼 중얼거렸다.

그가 주먹을 날리기 전에 이한성은 또 하나의 눈으로 이미 낌새를 감지하고 있었다는 사실을 짐작도 못한 하정탁으로서는 아무리 생각해도 납득이 가지 않았다.

"귀신이라도 만났어?"

형 하정현이 연신 고개를 갸웃거리며 혼자만의 생각에 빠진 채 걸어오는 하정탁을 보고 말했다.

"어, 형! 언제 왔어?"

하정탁이 우뚝 걸음을 멈춘 채 물었다.

"언제오긴, 아까부터 여기 서 있었는데 네가 못 본 거지. 대체 무슨 일이기에 그렇게 고개를 갸웃거리는 것이냐? 글공부할 때도 그런 집중력은 보이지 않더니."

하정현은 동생의 얼굴을 빤히 쳐다보았다.

쉭!

빤히 쳐다보는 하정현을 향해 하정탁이 다짜고짜 주먹을 날렸다.

"무, 무슨 짓이야!"

주먹이 거의 코앞에서 멈출 즈음 급히 피한 하정현이 두 눈을 부릅뜨며 고함을 질렀다.

만약 하정탁이 주먹을 멈추지 않았으면 하정현은 코뼈가 부러졌든지, 빗맞았더라도 관자노리가 부풀어 올랐을 것이다.

"그래, 이게 정상이지."

하정탁은 만족한 표정과 함께 크게 고개를 끄덕였다.

"무슨 짓이냐니까?"

하정현의 눈매가 날카로워졌다.

"그 녀석이 이걸 피했어."

하정탁이 거두절미하고 말했다.

“그 녀석이라니?”

하정현은 미간을 잔뜩 찌푸린 채 하정탁을 노려보았다

그의 눈에는 형에게 주먹을 휘두른 하정탁에 대한 강한 질책의 기운이 남아 있었다.

“우리 막내를 구한 그 녀석이 내가 느닷없이 날린 주먹을 피했단 말이야.”

하정탁은 그게 말이 되느냐는 표정과 함께 주먹을 이리저리 돌려보았다.

“자초지종을 말해봐!”

하정현의 요구에 하정탁은 조금 전에 있었던 일을 소상히 설명했다.

“뭘 잘못 본 게 아니냐?”

하정현도 동생의 말을 믿지 못하고 눈을 크게 떴다.

“날 못 믿는 거야, 형?”

하정탁이 반문했다.

하정탁은 형 하정현에 비해 다소 냉정하고 철저한 성격이었다. 그래서 확인할 것이 있으면 상대의 심기를 상하게 하더라도 철저하게 확인했다.

그런 성격 때문에 이한성의 면상 앞에 다짜고짜 주먹을 들이대며 시험을 한 것이다.

동생의 그런 성격을 잘 아는 하정현은 더 이상 질문을 하지 않고 눈만 끔벅였다.

“눈도 안 보이는 녀석이 나도 해내지 못하는 움직임을 보였단 말이지?”

하정현은 넋두리처럼 말하며 동생을 쳐다보았다.

“도저히 안 믿기는 일이지만 사실이야.”

하정탁이 고개를 끄덕였다.

“그것참!”

하정현도 입맛을 다셨다.

“좀 더 지켜보면 어떻게 된 일인지 알겠지. 어쨌든 그런 능력 덕분에 우리 막내를 구했으니 감사할 따름이지.”

“그야 두말하면 잔소리고.”

하정탁도 그 점에 대해서는 조금도 토를 달지 않았다.

“어깨는 괜찮아 보이더냐?”

하정현은 이한성의 상처를 걱정했다.

“그러잖아도 그게 좀 걸렸는데…… 산책도 하고 움직임도 그렇게 부자연스럽지 않은 것으로 봐서 많이 회복된 것 같았어.”

하정탁은 어깨를 으쓱하며 답했다.

“그것도 신기하군. 아버지 말씀으로는 열흘은 족히 자리보전을 해야 할 것 같다던데.”

하정현은 고개를 갸웃거렸다.

“뭐… 아버지가 의원은 아니니…….”

또 다른 불가사의에 하정탁은 입맛을 다셨다.

'그것참!'

은하표국을 나선 한 노인은 찜찜한 기분에 연신 뒤를 돌아 보았다.

여전히 뒤쪽에는 아무도 없었다.

그가 나온 쪽문도 이젠 굳게 닫혀 쥐새끼 한 마리 보이지 않았다.

'대체 그건 뭐였지?'

한 노인은 손을 들어 올려 뒤통수를 쓰다듬었다.

날카로운 바늘이 뒤통수를 찌르는 것 같은 느낌!

그건 고수의 살기를 뒤에서 마주쳤을 때나 느껴지는 감각 이다.

비록 정체를 숨기고 하인 행세를 하고 있지만 감각이 무디 어진 것은 아니다.

그 느낌은 실수를 용납지 않을 만큼 강렬했다.

등 뒤쪽으로부터 칼날같이 날카로운 예기를 느낌과 동시 에 반사적으로 고개를 돌려 확인했지만 의심스러운 것은 없 었다.

총표두 정가진(鄭嘉振)은 표사들에게 잔소리를 해대며 표 국주를 만나러 가고 있었고, 반대쪽 건물에 표국주의 막내딸 이 손님인 듯한 장한과 또 다른 소년 하나와 함께 무언가 얘 기를 나누고 있었다.

　구레나룻이 가득한 장한이 조금 신경에 거슬렸지만 그가 신형을 돌렸을 때 그들은 분명 다른 쪽을 보고 있었다.

　자신을 쳐다보다가 순간적으로 신형을 돌린 것이 아닐까 하는 생각도 해 보았지만 자세만 보아도 상대의 수준이 어떤지 읽을 수 있는 자신이었기에 그걸 놓칠 리가 없었다. 그 구레나룻 장한은 무공은 일초반식도 익히지 못한 무지렁이임을 알 수 있었다.

　그렇다고 열서넛밖에 안 된 소년과 병약하여 약을 달고 사는 표국주의 딸을 의심할 수도 없었다.

　'그렇다면 표사들 중에 정체를 속이고 있는 놈이 있다는 말인가?'

　한 노인은 머릿속이 복잡해지는 심정이었다.

　은하표국의 표사 숫자는 이백이 넘었다.

　그들 중 현재 표행을 나간 사람이 반 이상이었고 최근 새로 들어온 사람도 스무 명은 넘었다.

　새로 들어온 표사 중에서도 특별한 놈은 보이지 않았다.

　하지만 워낙 수가 많고 들락거리는 놈도 많으니 한두 명은 놓칠 수도 있었다.

　그렇게 놓친 놈이 자신을 주시했단 말인가?

　"그럴 만한 놈이 없었는데……."

　한 노인은 다시 뒤를 돌아보며 중얼거렸다.

　자신의 기억으로는 아직 그런 놈은 없었다.

　총표두와 표두 몇 명을 제외하고는 대부분 서른 살이 되지 않은 애송이들이었다. 그런 놈들 중에 자신의 이목을 속일 만한 고수가 있으리라고는 여겨지지 않았다.

　늙어서 신경과민인가?

　"젠장!"

　한 노인은 역정을 토했다.

　자꾸 생각해 봐야 머리만 복잡해질 뿐이다.

　좀 더 지켜보면 자연히 알게 될 것이다.

　마음을 가볍게 먹은 한 노인은 더 빨리 걸음을 옮겼다.

第九章
금석지약(金石之約)

은하표국으로 온 지 열흘이 지났다.

예정대로라면 지금쯤 집으로 돌아갔어야 할 때다.

이한성은 마음이 조급해지는 것을 느꼈다.

아마도 강 노인 부부는 며칠 전부터 마을 어귀 쪽을 바라보며 눈이 빠지게 기다리고 있을 것이다.

황삼도 그런 걱정이 드는지 안절부절못하고 있었다.

"이럴 것이 아니라 나 먼저 집으로 돌아가 네 사정을 말씀드리고 다시 오든지 해야겠다."

황삼은 강 노인 부부가 걱정되어 더 기다릴 수 없었는지 그렇게 말했다.

"그렇게 하는 것이 나을 것 같습니다. 저는 지금 떠나겠다고 해도 보내주시지 않을 것 같으니……."

이한성도 그런 생각을 하고 있던 터라 고개를 끄덕였다.

"그럴 것이다. 국주님은 네가 완치되기 전에는 절대로 보내주려 하지 않을 테고, 완치되더라도 뭔가 더 해줄 것이 없는지 찾느라 며칠 더 붙잡고 있을 것이 분명해. 하하!"

황삼은 너털웃음을 터뜨렸다.

그도 하유걸이 이한성에게 각별한 대접을 하는 것이 더없이 마음 흐뭇한 것이다.

"그럼 난 지금 즉시 출발하마. 강 노인 댁에 네 소식부터 전하고 보름 후에 다시 올 테니 마음 푹 놓고 상처 회복하는 데 신경 쓰도록 해라."

황삼은 그렇게 집으로 돌아갔다.

이한성은 황삼이 강 노인 부부에게 잘 말해줄 것이란 생각에 마음을 놓으며 한결 편하게 지낼 수 있었다.

황삼이 떠나고 난 후에도 하수린은 하루에도 몇 번씩 이한성의 처소에 들러 담소를 나누었다.

친구라고는 가져본 적이 없는 그녀는 난생처음 생긴 친구에게 그동안 외톨이로 지낸 설움을 다 풀려는 듯 한시도 쉬지 않고 재잘거렸다.

처음 찾아왔을 때 빼고는 이한성의 처소에 올 때는 언제나 동행하던 시비 진금이도 지쳤는지 며칠 후부터는 따라오지 않았다.

하수린과의 신분 차 때문에 조금은 거리감을 가지던 이한성도 그녀와 대화를 나누면서 완전히 그 거리를 떨쳐 버리고 오랜 친구처럼 여기게 되었다.

목소리는 가늘고 어리게 들렸지만 말투나 생각의 폭은 그녀가 오히려 이한성보다 성숙한 것 같았다.

시비 진금이와 있을 때는 많이 재잘거리고 어쩐 일인지 의도적으로 쾌활한 티를 내는 것 같았다. 그러나 둘만 남아 대화를 나눌 때면 하수린은 훨씬 더 차분해지고 가라앉는 듯한 느낌이 들었다.

이한성은 그녀를 대할 때마다 가슴 한쪽이 아려오는 것을 느꼈다.

서늘한 이별의 냄새!

그녀의 몸에서는 언제나 어머니에게서 느꼈던 그 냄새가 느껴졌다.

어머니의 몸에서 나던 그 스산한 냄새는 결국 영원한 이별로 이어졌다.

그렇다면 그녀도 그런 운명을 맞이하게 되는 것일까?

그녀는 그 사실을 알고 있을까?

이한성은 자신도 모르게 고개를 흔들었다.

절대로 알아서는 안 되는 일이었다.

그냥 자신이 병약한 몸이라는 정도로 알고 지내는 것이 백

배, 천배 나은 일이다.

그런 생각을 할 때마다 표정이 어두워졌는지 하수린은 대화를 유쾌한 쪽으로 이끌어갔다.

진금이를 빼고 둘이서만 대화를 나누는 시간이 많아지자 이한성은 어쩌면 하수린이 자신의 몸 상태에 대해서 알고 있을지도 모른다는 느낌이 불쑥 들었다.

쾌활하고 밝은 목소리와, 유쾌하게 이끄는 대화 속에서 아주 짧은 순간이지만 깊은 절망의 기운이 진하게 느껴질 때가 있었다.

그것은 눈을 뜨고는 감지할 수 없는 그런 종류의 느낌이었다.

눈을 뜨고 그녀의 쾌활하게 꾸민 표정을 본다면 오히려 알아차리지 못할 것이다.

눈을 감고 마음으로 듣는 그녀의 음성에는 짧은 순간이나마 만장 절벽 끝에 선 것처럼 절망적인 그 무엇이 느껴졌다.

그럴 때마다 이한성은 불식간에 하수린의 숨결을 관조하기 시작했다.

하나로 흐르지 못하고 격벽에 막혀 따로따로 흐르는 숨결!

그것은 숨이 막힐 듯 답답하게 느껴졌다.

'휴우~'

이한성은 자신도 모르게 긴 한숨을 속으로 삼켰다.

"날 왜 그렇게 쳐다봐?"

하수린이 이한성을 쳐다보며 불쑥 물었다.

이한성은 깜짝 놀라며 하수린에게로 고개를 돌렸다.

조금 전 하수린의 숨결을 관조할 때는 몸을 돌려 앉은 상태였다. 그러기에 왜 그렇게 쳐다보냐는 하수린의 말은 이치에 맞지 않았다.

"무슨… 소리야?"

이한성은 떠듬거리며 반문했다.

"왜 그런 식으로 날 쳐다보냐고?"

하수린은 똑같은 질문을 반복했다.

"난… 아무것도 못 봐."

이한성은 어이없다는 음성으로 답했다.

"아니. 넌 봐."

하수린이 짤막하게 대꾸했다.

이한성은 기가 막힌 심정이 되어 아무 말도 못하고 멍하니 앉아 있었다.

"처음부터 느꼈어. 네가 날 보고 있다는 것을."

"난 시력을……."

"그래, 그건 맞아. 넌 시력을 잃었어. 처음에는 그것도 의심스러웠는데 그건 확실한 것 같아. 정상적인 사람은 돌아앉아서는 절대로 쳐다볼 수 없으니까."

"……."

"하지만 넌 비스듬히 앉거나 돌아앉아 있으면서도 날 보고

있어. 어떤 때는 진금이보다 훨씬 더 불쌍한 눈으로 날 보고
있어.”

“대체 무슨 말인지…….”

이한성은 혼란스런 심정에 말을 잇지 못했다.

자신이 새롭게 뜬 눈으로 하수린을, 아니, 모든 사람들과
사물을 쳐다보는 것은 맞지만 그건 누군가에게 설명할 수도,
스스로 이해할 수도 없는 일이었다.

오로지 자신만이 아는 비밀이었고 평생 그렇게 가슴에만
품고 살아야 할 일이었다.

그런데 하수린이 그걸 감지하고 있다.

“나도 말로는 설명이 불가능해. 하지만 그 느낌은 확실해.
어쩌면 내가 정상이 아닌 체질이기에 그걸 느꼈을지도 모르
겠어. 처음부터 그랬어. 내가 날 쳐다보는 순간은 내 몸 안이
따뜻해져. 아니, 따뜻한 것이 아니라…….”

하수린은 적당한 단어가 떠오르지 않는지 잠시 말을 멈추
었다.

“말로는 설명을 못하겠어. 하지만 네가 날 쳐다본다는 느
낌은 지금까지 수없이 받았어. 내 마음이 절망으로 젖어들면
넌 언제나 더없이 슬픈 눈으로 날 쳐다봤어. 그리고…… 지금
처럼 낮고 긴 한숨을 삼켰지.”

이한성은 더 이상 아무런 반박도 할 수 없었다.

대체 이게 무슨 조화속인지 알 수는 없지만 도저히 설명 불

가능한 자신의 능력을, 하수린 역시 도저히 설명 불가능한 방식으로 읽고 있었다.

대체 어떻게?

그건 하수린과 함께 머리를 맞대고 강구해도 절대로 해답을 찾을 수 없을 것 같았다.

이한성 자신이 자신의 능력을 설명할 수 없듯이 하수린 역시 설명할 수 없었다.

이한성은 침묵을 지키며 하수린의 다음 말을 기다렸다.

"나 살고 싶어!"

잠시 후 터져 나온 하수린의 말에 이한성은 뒤통수를 방망이로 가격당하는 듯한 충격을 느꼈다.

느닷없이 살고 싶다니?

이한성은 모든 신경을 그녀에게로 집중했다.

하수린의 눈에서 두 줄기 붉은색 선이 아래로 그려지고 있었다.

소리 없이 흘러내리는 눈물이다.

'역시 알고 있었어.'

하수린은 자신의 운명을 알고 있었다.

그리고 이한성이 그걸 읽고 있다는 사실도.

"그동안 어머니, 아버지 가슴이 찢어질까 봐 모른 척했는데… 난 이상한 절맥의 체질이라 스물도 제대로 넘기지 못한다는 것을 알고 있어."

하수린은 납덩이처럼 가라앉은 목소리로 말했다.

자신의 짐작이 맞았다는 것을 느낀 이한성은 여전히 침묵만 지키고 있었다.

어머니의 몸에서 풍기던 것과 흡사한 이별의 냄새.

그렇다면 어머니도 하수린과 같은 체질이었을까?

그렇진 않을 것이다.

어머니는 서른을 넘게 사셨다.

반면 하수린은 스물을 못 넘긴다고 한다.

'스무 살…….'

지금이 열네 살이니 육 년밖에 안 남았다는 말이다.

어쩌면 일이 년 더 짧아질 수도 있고…….

이한성은 이젠 속으로 삼키지 않고 긴 한숨을 토해냈다.

"넌 알고 있었지? 그래서 항상 그런 표정으로 날 쳐다본 것이지?"

하수린이 갈라지는 목소리로 말했다.

이한성은 아무 대답도 하지 않고 한숨만 거듭 내쉬었다.

"그래. 그런 줄 알았어. 넌 언제나 날 환히 읽고 있는 느낌이었어."

하수린은 고개를 끄덕였다.

영문은 알 수 없지만 이한성과 같이 있을 땐 자신의 온몸이 한없이 부드러운 비단천에 휘감기는 듯한 느낌을 받았다. 그리고 그 비단천은 점차 자신의 내부까지 휘감는 듯한 기분이

들었다.

그럴 때면 살고 싶다는 욕망이 가슴 밑바닥으로부터 용솟음쳤다.

그녀의 눈에서 더욱 굵은 눈물이 흘러내렸다.

하수린은 얼른 이불을 끌어당겨 입으로 가져갔다. 그리고는 필사적으로 입을 틀어막으며 터져 나오는 오열을 속으로 삼켰다.

끝내 그녀는 한 모금의 울음도 흘리지 않고 자신을 가다듬었다. 그리고는 갈망 가득한 눈으로 이한성을 쳐다보았다.

"나 한 번 더 살려줄 수 있지?"

하수린은 무언가에 홀린 듯 말했다.

이한성은 현실 같지 않은 이 현실에 정신을 차릴 수가 없었다.

그동안의 자신만의 고민이 이젠 자신만의 것이 아니게 되었다.

그건 가슴 한쪽의 무거운 바위가 치워지는 듯한 느낌이기도 했지만 그 이상의 혼란을 가중시켰다.

이한성은 더 이상 놀랄 기력이 없어 조용히 입을 열었다.

"어떻게?"

"몰라. 하지만 넌 할 수 있을 것 같아. 너라면 꼭!"

하수린은 바위처럼 확고한 음성으로 말했다.

이한성은 아무 말 없이 자신을 관조했다.

아랫배에 웅크리고 있는 기운이 그것을 가능하게 해줄 것
인가?

그러기 위해서 생긴 기운인가?

머릿속이 실타래처럼 엉켜왔다.

무공을 익히고 호흡을 이끌어 아랫배에 웅크리고 있는 기
운을 모조리 몰아내어 시력을 회복하고 싶었다.

그렇게만 되면 다른 것은 아무것도 원하는 것 없이, 욕심
없이 살 수 있을 것 같았는데 이젠 그건 절대로 불가능할 것
같았다.

어쩌면 애초부터 그건 불가능했던 일일지도 몰랐다.

또한 자신이 하수린을 만난 것은 운명적인 무언가가 작용
한 것 같았다.

모든 것이 혼란스럽게 다가왔다. 그러다 보니 이젠 가는 데
까지 가보자는 오기마저 생겼다.

마침내 이한성은 묵묵히 고개를 끄덕였다.

"내가 가능한 일이라면."

이한성의 대답에 하수린의 몸 곳곳을 막고 있던 격벽이 일
시에 무너졌다가 다시 원래의 모습으로 돌아왔다.

*　　　*　　　*

하유걸이 말한 천 의원, 천호연은 산동성 제녕(濟寧) 출신

으로 비천한 백정의 아들로 태어났다.

그의 아버지 천동출(千同出)은 인근에서는 가장 뛰어난 백정으로 한 자루 칼로 소나 돼지의 살을 가르고 뼈를 발라내는 솜씨가 가히 입신의 경지에 이르렀다는 칭찬도 들었다.

그러나 천동출은 자신의 팔자를 철저하게 저주했기에 아들 천호연에게는 절대로 자신의 업을 물려주지 않으려 했다.

하지만 피는 속일 수 없는 법.

천동출의 아들 천호연은 열 살이 되자 어깨너머로 배운 솜씨로도 웬만한 어른 못지않은 능력을 발휘하게 되었다.

천동출이 다른 마을에 큰 잔치가 있어 차출되어 가고 나면 동네 사람들은 천호연에게 도축을 부탁하였고, 천호연은 크게 힘들이지 않고 아버지 천동출의 빈자리를 채웠다.

그런 일이 잦아지게 된 어느 날 천동출을 술을 진탕 퍼마시고 들어와 아들 천호연을 반쯤 죽을 정도로 때렸다. 그리고는 인근에 있는 장 의원 집에 데려다 주고 다시는 집으로 오지 못하게 했다.

장 의원 집에서 아버지에게 맞은 상처를 치료하며 근 한 달 동안을 지낸 천호연은 전혀 새로운 세상을 경험하게 되었다. 아니, 어쩌면 자신이 이제껏 하던 일과 일맥상통한 경험을 하게 되었다고 볼 수도 있었다.

인간과 가축은 근본적인 면에서는 크게 다르지 않았다.

학자나 시인묵객의 눈으로 보면 인간과 짐승은 비교 자체
가 불가능한, 천양지차의 존재이겠지만 도부꾼의 눈으로 보
면 큰 차이가 없었다.

인간이든 가축이든 그들의 몸은 뼈와 살, 그리고 그 사이를
그물처럼 얽고 있는 핏줄로 이루어져 있었다.

그런 면에서 보면 거의 똑같았다.

아버지 대신 도축을 하며 가축의 살과 뼈, 핏줄이 지나가는
길을 세세히 기억하고 있는 천호연은 장 의원의 침술 치료가
그 살과 뼈, 핏줄의 교묘한 상호작용을 조절하는 작업이라는
것을 알아차렸다.

장 의원은 그렇게 침을 놓아 천호연이 아버지로부터 맞은
상처를 치료했다.

며칠 뒤 천호연은 장 의원이 사용하던 침으로 자신의 몸 근
육과 핏줄 사이를 찔러 아버지로부터 맞은 상처가 더욱 빨리
회복되도록 했다.

우연히 그것을 본 의원은 천호연에게 몇 가지 침술을 가르
쳤고, 천호연은 하나를 들으면 열을 깨우쳤다.

장 의원은 천호연이 출신과는 달리 비범한 두뇌를 지녔음
을 간파하고는 글을 가르쳤다. 그리고 한 가지씩 침술을 가르
침과 동시에 의서를 공부하게 하였다.

타고난 비범함으로 천호연은 장 의원의 가르침을 모래가
물을 빨아들이듯 흡수했다.

천호연이 스무 살이 되던 해 장 의원은 자신으로서는 더 이상 가르칠 것이 없다는 것을 인정하고는 소개장을 써서 산동 성 제일의 의방(醫方)인 천수의방(千手醫方)에 보냈다.

천수의방은 한때 황실 의원이었던 조송혁(趙松赫)이 세운 곳으로 체계적이고 한 단계 더 높은 전문적인 의술을 배울 수 있는 곳이었다.

그런 만큼 그곳에 들어갈 수 있는 자격은 엄격한 심사를 통해야만 가능했다.

그러나 이미 장 의원이 손을 들 정도로 실력을 쌓은 천호연에게 있어서 그 통과 시험은 절차에 불과했다.

천호연은 천수의방에서도 단연 발군의 실력을 발휘했고, 마침내 산동제일의 의원이 된 것이다.

산동제일의 천호연은 황삼이 떠난 닷새 후 은하표국으로 왔다.

그는 하유걸과 오래전에 맺은 인연으로 호형호제하는 사이가 되었다. 그래서 지난 십 년 동안 일 년에 한 번씩은 은하표국에 들러 하수린의 상태를 진맥하고 또 다른 처방을 했다.

오늘 은하표국에 도착한 천호연은 쉬지도 않고 곧장 하수린부터 진맥했다.

"어떻습니까, 아주버님?"

오랜 시간에 걸친 진맥이 끝나자 하유걸의 부인 임소령은 애타는 눈빛으로 물었다.

하수린의 절맥을 치유하는 것은 그야말로 하늘의 별 따기만큼 어렵다는 것을 알고 있었기에 임소령은 이제는 딸 하수린의 증상이 악화되어 그나마 얼마 남지 않은 생명이 더 줄어들지나 않았는지 노심초사하는 것이다.

"작년에 비해 악화된 것은 없습니다."

천호연은 무거운 음성으로 답했다.

악화되지는 않았지만 그 많은 영약에도 불구하고 조금도 나아지지 않았다는 것이 마음을 무겁게 한 것이다.

천호연의 대답에 임소령과 하유걸은 한편으로 다행이라는 생각이 들었다. 그러나 다른 한편으로는 천길 절벽을 마주한 것 같은 절망감을 느꼈다.

나아지지 않는다면 오음칠절절맥을 안고 태어난 다른 사람들처럼 스물 남짓의 나이에 죽는다는 말이다.

지금 딸 하수린의 나이가 열넷이니 육 년 정도밖에 남지 않았다.

육 년!

뇌옥에 갇힌 죄수들에게는 평생보다 긴 시간이겠지만 생을 갉아먹고 있는 환자들에게는 화살같이 빠른 시간이다.

"그럼 이제 다른 방법을 써야겠군요?"

하유걸은 침음성과 함께 말했다.

지난번의 치료가 아무런 효과가 없으니 이젠 다른 방식으로 치료를 해야 하는 것이다. 그러려면 또 기둥뿌리가 휘청거릴 만큼 큰돈이 들 것이 분명했다.

돈이야 있다가도 없는 것.

거리로 나앉더라도 딸의 생명을 구할 수만 있다면 그렇게 하고 싶었다.

하지만 지금까지 수많은 치료가 그리 큰 도움이 되지 않는다는 것이 문제였다.

만약 이번에도 실패로 돌아가면 딸의 생명은 하릴없이 또 일 년 단축되는 것이다.

"그래야지. 끝까지 최선을 다해보는 것이 자네와 나의 할 일이 아니겠는가."

천호연은 무겁게 고개를 끄덕였다.

그런 그의 모습에서 어떤 일이 있어도 생명을 포기하지 않은 명의의 고집이 느껴졌다.

"그렇지요. 절대로 포기할 수 없는 일이지요."

하유걸도 확고한 음성과 함께 고개를 끄덕였다.

"흑!"

임소령이 참았던 울음을 터뜨렸다.

*　　　*　　　*

하수린을 진맥한 천호연은 자신의 숙소로 돌아와 만취할 정도로 술을 마셨다.

의술에 몸을 던지고 활인의 길을 걷는 데 혼신의 힘을 다하는 그로서는 이런 경우가 가장 괴로웠다.

아무리 해도 차도가 없는 병.

그동안 배운 어떤 의술로도 치료가 안 되는 난치병은 그에게 참담한 절망감을 안겨주었고, 이제까지의 모든 공부가 무위로 돌아가는 기분이었다.

특히 꽃같이 어리고 예쁜 젊은이들의 목숨을 건질 수 없을 때는 더욱 마음이 아팠다.

하수린은 아장아장 걸을 때부터 자신을 백부님으로 부르며 따랐다.

자신의 출신이 천한 백정임을 알았음에도 불구하고 하유걸은 언제나 자신을 형님이라 부르며 대했다. 그러기에 하수린 역시 자신을 백부님으로 부르며 따랐다.

그런 아이가 절맥의 체질을 타고났다는 것을 처음 알았을 때는 자신의 진맥이 틀렸기를, 차라리 자신이 진맥조차 제대로 하지 못하는 돌팔이였다면 하고 한탄했다.

그 후 십 년 가까이 온갖 영약과 모든 지식을 총동원했지만 악화되는 속도가 가속되는 것만 겨우 막았을 뿐, 더 이상 아무것도 하지 못했다.

"크으!"

자신이 좌절하는 모습을 보이면 하유걸 부부가 더욱 낙담할 것 같아 방에서 혼자 만취해 가는 천호연은 쓰디쓴 트림을 토해냈다.

　이럴 땐 자신이 의원이라는 것이 너무나 후회스러웠다. 차라리 가축을 잡는 백정이 훨씬 나을 것 같았다.

　하지만 절대로 포기할 수 없는 일이었다.

　아직은 아무도 오음칠절절맥을 치유했다는 말을 들어보지 못했지만 끝까지 매진한다면 하늘도 무심치 않을 것이다.

　벌컥!

　천호연은 또 한 병을 술을 목구멍 속으로 털어 넣었다.

　이런 날은 술도 취하지 않았다.

　술이 들어갈수록 오히려 정신이 말똥말똥하기만 했다.

　술도 취하지 않는 뇌리로 하수린의 목소리가 들려왔다.

　—백부님, 나 저 꽃 꺾어줘. 키가 작아 닿지 않아.

　—어이쿠! 우리 공주님이 저 꽃이 갖고 싶구나. 그래, 이 백부가 꺾어주마. 옜다!

　—와! 예쁘다. 근데 백부님…….

　—왜?

　—나 어서 낫게 해주면 안 돼? 백부님은 산동 제일의 의원이잖아?

　—그건…….

　—나 어서 낫고 싶어. 그래서 더 이상 엄마, 아빠 걱정 안 끼쳐 드리고 싶어.

하수린이 여섯 살 때의 일이다.

자신의 연약함보다는 자신으로 인한 부모님의 걱정을 더 염려하는 아이였다.

"젠장!"

천호연은 거칠게 술병을 내려놓았다.

술로서는 답답한 가슴을 달랠 길이 없었다.

벌컥 별채의 방문을 연 천호연은 술병 하나를 챙겨 들고 밖으로 나섰다.

초겨울의 달빛이 차갑게 후원을 비추고 있었다.

"후욱!"

천호연은 길게 심호흡을 했다.

차가운 바람이 폐부 가득 들어차며 술기운을 몰아냈다.

'산동제일의원이라고? 개뿔!'

천호연은 깊이 자책했다.

산동 제일의 의원이라는 호칭을 들으며 자만했던 시간 동안 좀 더 공부에 매진했더라면 오음칠절절맥을 치료할 방법을 찾지 않았을까?

완벽한 치유는 못하더라도 두 배 정도는 수명을 연장시킬 수 있지 않았을까?

그랬다면 하수린에게는 십육 년의 여유가 있고, 그 안에 완벽히 치유할 방법을 찾을 수 있을지도 몰랐다.

“젠장!”

천호연은 고개를 흔들며 술병에 남은 술을 목구멍 속으로 모두 털어 넣었다.

“크으!”

술이 소태보다 쓴 느낌이다.

천호연은 술병을 후원 꽃밭 쪽으로 던졌다.

쨍그랑—

작은 바위에라도 부딪쳤는지 술병이 박살나는 소리가 들렸다.

그 소리가 왠지 가슴 한곳을 후련하게 해주었다.

하수린의 몸 곳곳을 꽉 막은 절맥이 저렇게 산산이 부서져 나갔으면 좋겠다는 생각이 든 때문인지도 몰랐다.

“응?”

낙담에 사로잡힌 채 번민하던 천호연은 눈을 크게 떴다.

후원 꽃밭 근처에 자신보다 먼저 온 손님이 있었다.

그리 크지 않은 체구로 보아 소년이 분명했다.

“정욱이냐?”

천호연은 어둠 속의 존재가 하유걸의 셋째 아들인 하정욱(河鼎旭)이라고 생각하며 물었다.

어둠 속에서는 아무 대답이 없었다.

“게 누구냐?”

천호연은 눈 사이를 좁히며 어둠 속의 존재를 탐색했다.

석상처럼 서 있던 존재가 움직였다.

“전 이한성이라 합니다.”

“이한성?”

하유걸이 이한성의 존재를 아직 말하지 않았기에 이한성을 알지 못하는 천호연은 고개를 갸웃거렸다.

“이 집 식솔인가?”

“식솔은 아니고… 인연이 있어 잠시 이 집에 머무르고 있습니다.”

목소리는 소년이 분명했는데 소년 같지 않은 대답이다.

“인연이라……?”

천호연은 이한성의 대답을 되뇌어 보았다.

그렇게 따지고 보니 비슷한 처지 같았다.

자신 역시 오래전 하유걸과 맺은 인연으로 매년 이맘때면 이곳으로 왔고, 한 달 정도 머물다 떠났다.

“나 역시 그렇다네. 이 집 주인과 인연이 있어 앞으로 얼마간 머무를 생각이라네. 허허!”

천호연은 낮은 웃음을 터뜨렸다.

소년 같지 않은 소년과의 대화에서 꽉 막힌 가슴이 조금 트이는 기분이었다. 그래서인지 어느새 말투도 반공대로 바뀌었다

“그래, 자네는 어떤 인연으로 이 집에 머무는 중인가?”

흐릿한 미소와 함께 천호연이 다시 질문을 던졌다.

“혹시… 천 의원님이십니까?”

소년은 대답 대신 도로 질문했다.

“허어—”

천호연은 헛바람을 토했다.

소년은 자신을 만나기 위해 의도적으로 이곳에 온 것 같았다. 그리고 대화를 주도하는 것 같은 느낌을 받았다.

“그렇다네. 내가 천호연이라는 의원일세. 그러는 자네 정체는 무언가?”

천호연은 몇 발짝 더 옮겨 이한성에게로 다가가며 물었다.

이한성은 잠시 대답이 없었다.

“이곳에서는 산을 몇 개 넘어야 닿을 수 있는 마을에 사는 사람입니다. 수린이하고는 친구 하기로 했습니다.”

“친구?”

천호연의 눈이 이채를 띠었다.

수린은 친구가 없었다.

아니, 사귀고 싶어도 사귈 수가 없었다.

어릴 때는 몸이 약해서 그랬고, 크면서부터는 스스로 마음의 문을 닫았다.

그런데 친구라니?

더구나 여자도 아닌 사내 녀석과…….

“진맥하셨다고 들었는데… 차도가 있는지요?”

여전히 소년이 대화의 주도권을 쥐고 있는 것 같았다.

천호연은 침을 꿀꺽 삼켰다.

보통 소년은 아닌 것 같았다.

그러기에 수린이 친구로 받아들였을 것이다.

"더 악화되지는 않았지만 별로 나아진 것도 없었네."

천호연은 긴 한숨과 함께 답했다.

"다른 방법은……?"

이한성은 조심스럽게 다시 질문했다.

"이번에 새로운 시도를 해볼 생각이네."

천호연은 무거운 음성으로 답했다.

"그렇군요."

이한성은 묵묵히 고개를 끄덕였다. 그리고는 등을 돌렸다.

천호연은 멍하니 소년을 쳐다보았다.

어린 소년이었지만 마치 인생을 달관한 노인 같은 느낌이다.

새로 시도하는 방법이 어떤 것인지, 또 그 방법으로 치료를 하면 수린의 병을 고칠 수 있는지…….

당연히 그런 것을 물어야 하는데 고개만 끄덕이고는 등을 돌렸다.

마치 자신의 의술에 대해 큰 기대를 하고 있지 않는 것도 같았다.

"이것 보게, 어린 친구!"

천호연은 이한성을 불러 세웠다.

이한성은 등을 돌리지 않은 채 걸음만 멈추었다.

"얘기를 좀 더 나눌 수 있겠나?"

"무슨……?"

"그냥 아무 얘기라도 좋다네. 난 지금 가슴이 너무 답답해서 누구하고라도 대화를 좀 나누고 싶다네."

천호연은 난생처음으로 누군가에게 얘기를 더 해달라고 청했다.

지금까지는 다른 사람이 자신보고 한마디라도 더 해주기를 간청했다.

환자들은 의원이 한마다라도 더 해주면 그것으로 인해 병이 하루라도 빨리 낫기라도 하듯이 매달렸다.

처음에는 그런 환자들에게 시시콜콜 이것저것 다 얘기해주었지만 세월이 지날수록 대부분의 다른 의원들처럼 변해갔다.

그리고 산동 제일의 의원이란 호칭을 얻으면서부터는 일부러 말을 아꼈다.

마치 그렇게 하는 것이 자신의 권위를 드높이기라도 하는 것처럼.

그런 그가 지금은 소년이 한마디라도 더 해주길 간절히 바라고 있다.

대체 이게 무슨 조화속인지 알 수가 없었다.

"우선 저 의자에 좀 앉게나."

천호연은 화단 앞에 마련된 의자로 가서 앉았다.

잠시 망설이던 이한성도 걸음을 옮겨 천호연 옆에 앉았다.

이때까지도 천호연은 이한성이 눈을 감고 있다는 것을 눈치채지 못하고 있었다.

"자넨 어떻게 수린이하고 친구가 되었나?"

혹시라도 이한성이 다시 걸음을 옮길까 저어하는 마음으로 천호연은 질문을 던졌다.

"사고를 당할 뻔한 수린이에게 제가 조금 도움을 주었습니다."

이한성은 자신의 행동을 최대한 축소해 답했다.

"그런가? 하지만 내가 알기론 그것으로는 수린이의 친구가 될 수 없었을 터인데?"

천호연은 이한성에게 고개를 돌리며 말했다.

"자네?"

그제야 이한성이 눈을 감고 있다는 사실을 알아차린 천호연이 벌떡 일어섰다.

"시력을 잃었는가?"

천호연의 목소리가 두 배로 높아졌다.

"약초를 캐다가 사고를 당했습니다."

이한성이 담담하게 답했다.

"언제 그랬나?"

천호연은 여전히 목소리를 높였다.

"지난봄이었습니다."

이한성의 대답에 천호연은 말문이 막혀 아무 말도 하지 못
했다.

지금까지의 움직임이나 말투에서 아무런 부자연스러움을
느끼지 못했다.

처음부터 눈이 보이지 않는 몸으로 태어났다면 또 모르겠
지만 멀쩡히 보이던 눈을 잃은 지 아직 일 년도 되지 않았는
데도 이런 침착함을 유지한다는 것이 불가사의해 보였다.

아마 자신이었다면 자포자기하며 망가졌든지, 의기소침하
여 비 맞은 개처럼 비루해졌을 것이다.

천호연은 다시 고개를 돌려 이한성을 뚫어질 듯 쳐다보았
다.

여전히 눈을 굳게 감고 있었다.

그래서 그런지 고집스러워 보이는 얼굴이다.

아마 눈을 뜨고 있어도 그건 마찬가지일 것 같았다.

"쉽지 않았을 터인데……."

이한성의 얼굴에서 고개를 돌린 천호연은 혼잣소리로 말
했다.

"자신이 몇 년 후면 죽는다는 사실을 알면서도 부모님이
알면 가슴 찢어질까 봐 가슴에 혼자 품고 살아가는 사람도 있
지요."

"자, 자네!"

천호연은 튀듯이 자리에서 일어섰다.

수린이 모든 사실을 알고 있었다니?

그 여린 것이 그것을 이미 알고 이제껏 가슴에 품고 살고 있었다니.

술이 확 깨고 등줄기로 얼음물이 쏟아지는 기분이었다.

"그, 그게 정말인가? 수린이가 정말 자신의 절맥, 아니, 자신이 얼마 살지 못한다는 것을 알고 있단 말인가?"

천호연은 고함을 치며 다그쳤다.

이한성은 가만히 앉아 아무 말도 하지 않았다.

천호연의 고함이 계속되면 누구라도 들을 것이 틀림없었다.

천호연은 비로소 자신의 실수를 깨달은 듯 긴 한숨과 함께 자리에 앉았다.

"그 사실은 비밀로 해주십시오."

이한성이 가라앉은 음성으로 말했다.

"휴우—"

천호연은 긴 한숨을 내쉬었다.

"어쩐지 세상을 헛산 기분이 드는군. 산동성 제일의 의원입네 하고 거들먹거리던 시간들을 의술 연구에 바쳤다면 지금쯤 고칠 수 있을지도 모르겠는데 말일세."

천호연은 다시 한 번 긴 한숨을 내쉬었다.

이한성은 한참 동안 석상처럼 앉아 있다가 입을 열었다.

"저보고 한 번만 더 살려달라고 했습니다."

천호연은 다시 고개를 돌려 이한성을 쳐다보았다.

한 번만 더 살려달라고 했다면 벌써 한 번 살려주었다는 말이다.

아까 사고를 당할 뻔한 수린에게 도움을 주었다는 말이 목숨을 구해주었다는 말이란 생각이 들었다. 그래서 신세를 지면 꼭 갚는 하유걸이 이 소년을 집에 머무르게 한 것이 분명했다.

묘한 인연이란 생각이 들었다.

그리고 이젠 수린이 왜 이 소년을 친구로 받아들였는지 이해가 갔다.

산골에 사는 비천한 출신에 시력까지 잃은 어린 소년이었지만 무언가 설명할 수 없는, 사람을 압도하는 기운이 느껴졌다.

자신 역시 이 소년에게 강하게 압도당하고 있는 느낌이다.

"그런데 제가 할 수 있는 일이 아무것도 없습니다. 그래서 답답한 마음에 이곳으로 나왔습니다."

이한성은 긴 한숨을 내쉬었다.

천호연도 이한성을 따라 긴 한숨을 내쉬었다.

자신이 큰 도움을 주지 못한 것이 안타까웠다.

"그런데 자네는 내가 누군지 어떻게 알았나?"

천호연은 이한성이 자신의 신분을 알고 있다는 것이 문득 궁금했다.

"며칠 전에 국주님으로부터 들었습니다. 그리고 오늘 이곳에 숙소를 정했다는 것도……."

이한성은 간단히 답했다.

"그런가?"

천호연은 고개를 끄덕이다가 다시 입을 열었다.

"그런데 어째서 수린이가 자네에게 그런 부탁을 했을까?"

천호연은 그것이 정말 궁금했다.

자신이 얼마 살지 못한다는 사실을 이미 알고 있으면서도 부모님 심정을 생각하여 가슴 깊이 품고만 있던 속 깊은 아이가 이 소년을 어떻게 믿고 가슴을 연 것일까?

보통 소년이 아니라는 것은 익히 짐작이 가지만 그것은 쉽게 납득이 가지 않았다.

"제가 사고를 당하면서 믿어지지 않는 이상한 능력을 얻었습니다. 아무도 그것을 눈치채지 못했는데 그녀는 눈치를 챘습니다. 자신의 특이한 체질 때문에 가능하다고 하더군요. 아마 무언가 말로 설명하기 불가능한 것을 저에게서 본능적으로 느낀 것 같았습니다."

"이상한 능력? 그리고 수린이가 본능적으로 그걸 느끼고 자네에게 부탁을 했다고?"

이한성의 대답에 천호연은 머릿속에 한줄기 빛이 관통하는 듯한 느낌을 받으며 벌떡 일어섰다.

“대체 그것이 무엇인가? 아니, 여기서 이럴 게 아닌 것 같
네. 내 처소로 가세. 그곳에서 자세한 이야기를 나누고 자네
를 진맥해 봄세. 그래서 수린이가 자네에게 무엇을 본능적으
로 느꼈는지 알아봄세. 그러면 길이 보일지도…….”
  천호연은 이한성의 손을 낚아채듯 잡아당기며 자신의 처
소를 향해 걸음을 옮겼다.

운명(運命)

第十章

천호연의 침실에는 큰 촛불이 세 개나 밝혀져 있었다.

그리고 탁자 위에는 열 권도 넘는 의서가 어지럽게 펼쳐진 채 놓여 있었다.

최대한 자세한 이야기를 해주어야 조금이라도 더 확실한 진맥을 할 수 있을 것이라는 생각과 함께 이한성은 사고 후부터 지금까지 겪은 이야기를 천호연에게 하나도 빠뜨리지 않고 소상히 설명했다.

"정말 놀라운 얘기로군. 자네 입을 통해 직접 들었지만 믿어지지 않아."

천호연은 연신 고개를 절레절레 흔들었다.

온갖 사고와 희귀한 병자들을 많이 보아왔지만 이한성의 경우처럼 특별한 것은 없었다.

그런 사고를 당하고 살아난 것도 믿어지지 않았고, 원래의 시력을 잃고 새로운 눈을 얻었다는 것은 괴담(怪談)이라 할 만했다.

"그것은 차차 믿기로 하고 이젠 진맥을 해보세."

천호연은 서둘러 이한성의 손목을 끌어당겼다.

그런 사고를 당하고 또 믿어지지 않는 능력을 얻은 인간의 맥은 어떤지 궁금하기 짝이 없었다.

탁자 옆 침상 위에서 이한성과 마주 앉은 천호연은 눈을 지그시 감고 이한성의 맥을 살폈다.

'뭔가, 이건?

근 일각에 걸쳐 이한성을 진맥한 천호연은 지극히 혼란한 기분에 휩싸였다.

이한성의 맥은 상식적으로는 도저히 설명이 불가능한 것이었다.

무림인으로 따지면 주화입마를 연속으로 열 번 정도 당한 후 겨우 살아난 사람의 맥과 흡사했다.

이런 상태로 살아남은 것은 그야말로 기적이라고 할 수밖에 없었다.

열양장(熱陽掌)과 빙백장(氷魄掌)을 동시에 맞아 불에 타지도, 얼음처럼 꽁꽁 얼지도 못하다가 구사일생으로 살아난 것과 같았다. 그 화기와 냉기가 치열한 싸움을 하다가 단전 한가운데 만년한철처럼 엉키어 있었다.

그런 치열한 싸움 속에서 가장 민감한 감각 기관인 눈이 시력을 잃어버린 것이다.

'대체 이게 가능한 일인가?'

천호연은 여전히 이한성의 맥문을 쥔 채 혼란에 휩싸였다.

자신의 상식대로라면 이한성은 죽어도 수십 번은 더 죽었어야 한다.

그런데 이렇게 멀쩡히 살아 있다.

그것도 기이한 능력을 얻은 채.

극과 극은 서로 통하고 상충, 상극 작용을 뛰어넘어 상생에 이른다고도 하지만 이건 도저히 말이 되지 않는 일이었다.

절정고수인 무림인이라면 이 소년이 당한 그런 상태를 견디고 살아남았을 수도 있겠지만 무공도 모르는 어린아이가 그런 엄청난 기운을 감당해 내고 살아났다는 것은 도저히 믿을 수가 없었다.

천호연은 다시 이한성의 맥을 세심하게 읽었다.

여전히 어떻게 해서 그것이 가능했는지 짐작이 불가능했다.

현재 이한성의 맥은 보통 사람보다 훨씬 강하고 굵었다.

극음과 극양이 상생 작용을 하여 훨씬 더 건강하게 만든 것 같았다.

하지만 그건 사고 이후의 현상일 뿐, 그런 사고에도 살아남은 이유가 되지 못했다.

'햇빛도 제대로 들어오지 않는 절벽 안에 피어 있는 피처럼 붉은색의 꽃이라…….'

천호연은 진맥을 하기 전에 이한성으로부터 상세히 들은 설명을 떠올렸다.

투명한 색에 가까운 뱀에 물린 후 지독한 갈증을 느끼며 그 꽃을 따 먹고 정신을 잃었다고 했다. 그리고 시력을 잃은 채 살아났고, 뱀의 감각과 같은 기이한 능력을 얻었다고 했다.

자신의 기억을 모두 짜내어도 그 꽃이 어떤 것인지, 그 꽃의 뿌리 근처에 사는 뱀은 또 어떤 종류인지 알 수가 없었다.

단지 피처럼 붉은 꽃과 그 꽃의 뿌리 근처에 살던 뱀의 독은 서로 절대의 상극이란 것은 짐작할 수 있었다.

그 두 가지 상극의 기운이 이 소년의 단전에 만년한철처럼 웅크리고 있다.

소년의 단전에 웅크리고 있는 기운은 차후에 고민할 문제였다.

그 기운이 어떤 것인지, 또 얼마나 엄청나고 위험한 것인지는 진맥만으로는 감히 짐작조차 하지 못할 정도였다.

차후 충분한 시간을 가지고 자신이 아는 의술을 총동원하여 살펴볼 생각이다. 지금은 대체 무엇이 이 소년을 그런 엄청난 기운 속에서도 살아나게 만들었을까 하는 것을 밝히는 것이 우선이었다.

'가만!'

끊임없이 이한성의 맥을 읽던 천호연의 뇌리로 한 가지 생각이 스쳐 지나갔다.

소년의 어머니는 언제나 병약했고, 소년이 사고를 당하기 얼마 전에 요절했다고 들었다.

소년이 당한 엄청난 사고와 그로 인해 얻은 기이한 능력에 대한 설명에 정신이 빼앗겨 소년의 어머니에 대한 설명은 깜박했다.

만약 소년의 어머니도 어떤 절맥의 몸이었고 소년의 몸에도 그 잠재적 요인이 숨어 있다면?

그런 모든 복합적인 요인에 의해 소년은 그런 사고를 당하고도 혈맥이 터져 죽지 않고 살아남은 것일 수도 있었다.

현재로써는 가장 가능성이 높은 추론이다.

그 사실에 감안하며 천호연은 초인적인 집중력을 발휘하며 이한성의 맥을 읽었다.

'역시 예상대로야!'

근 이각이 넘도록 이한성의 맥문을 잡고 있던 천호연은 자신의 짐작이 맞음을 확인하며 속으로 쾌재를 외쳤다.

소년의 몸속에서 곤음건폐맥(坤陰乾閉脈)이라는 절맥의 기운이 감지되었다.

사고를 당하며 극음과 극양의 기운에 의해 거의 소멸되었지만 미세한 찌꺼기 한 조각은 남아 있었다.

거의 쓰러질 정도로 집중하며 천호연은 그것을 읽어낸 것이다.

그 절맥은 여인들에게서만 나타나는 것으로 그 여인이 여아를 낳으면 그대로 대물림되지만 남아에게는 그러지 않는다. 다만 잠재적 인자로 전해질 뿐이다.

그 절맥의 기운이, 얼음벽처럼 단단하게 소년 어머니의 혈을 틀어막고 있던 그 기운이 소년의 몸에 잠재되어 소년을 살린 것이다.

그 얼음벽처럼 단단한 맥은 정상적인 생활을 하는 데는 천형이나 마찬가지지만 소년이 당한 그 절체절명의 상황에서는 오히려 전화위복으로 작용한 것이다.

이제 한 가지 의문은 풀렸다.

천호연은 가슴 가득 차오르는 희열을 느꼈다.

그렇다면 하수린의 몸을 꽉 막고 있는 혈맥도 이 소년의 경우처럼 뚫을 수 있을지도 몰랐다.

물론 그것은 앞으로 수많은 연구와 실험이 있어야 가능하다.

지금 이 소년의 단전에 만년한철처럼 웅크린 기운은 접근하는 것조차 엄두가 나지 않았다.

만약 그것이 균형을 잃고 한쪽으로 터지면 소년의 몸은 순식간에 재가 되든지 얼음 조각이 되어 무너져 내릴 것이다.

곤음건폐맥을 가진 여인!

그리고 그가 낳은 이 소년!

그래서 오음칠절절맥을 가지고 태어난 하수린은 이 소년에게 운명처럼 끌렸고, 자신을 살릴 사람임을 본능적으로 느낀 것일까?

천호연은 인간 본능의 무서움에 전율을 느꼈다.

너나 할 것 없이 태어날 때부터 갖추고 있는 능력이기에 의식하지 못하고 있지만 천호연처럼 그것을 하나하나 살피고 분석하는 사람들은 그 능력이 얼마나 어마어마하고 신비로운 것인지 감탄할 수밖에 없었고, 더 나아가 초월적인 존재마저 느끼게 했다.

아무도 가르쳐 주지 않았지만 태어나자마자 어린아이가 어미의 젖꼭지를 빠는 본능.

너무나 사소한 것 같지만 그건 생명을 유지하기 위한 가장 근원적인 능력이었다.

그런 본능이 사고를 당한 소년을 살렸고, 하수린으로 하여금 소년이 자신의 생명줄임을 느끼게 했다.

'곤음건폐맥이라……'

천호연은 이한성의 몸속에 잠재된 기운을 다시 속으로 되뇌었다.

그것을 연구하는 것은 하수린의 절맥을 씻어내기 위한 작은 출발점이 될 것이다.

그러나 햇빛도 거의 들지 않는 절벽 틈에서 피처럼 붉은 꽃
잎을 피워 올린 꽃의 종류나, 그 꽃의 뿌리 근처에 살던 투명
한 색에 가까운 뱀의 정체는 끝내 알 수 없었다.

마음 같아서는 당장 이한성이 사고를 당한 절벽으로 달려
가 확인을 해보고 싶었지만 이한성이 그 꽃잎을 다 따 먹었다
면 꽃은 시들었을 것이고, 그 꽃의 기운과 조화를 이루며 살
던 뱀도 죽어버렸을 것이다.

아쉽지만 자신과는 인연이 닿지 않는 것들이다.

하지만 그 두 존재의 성질은 충분히 짐작이 가능했다.

핏빛 꽃을 피워 올린 풀줄기는 극음의 성질을 띠고 있음이
분명했고, 유리처럼 투명한 몸을 가진 뱀은 극양의 성질을 가
진 존재였을 것이다.

그 뱀에 물리며 극양의 기운이 소년의 혈맥을 타고 돌아 지
독한 갈증을 일으켰고, 소년은 본능적으로 극음의 기운을 간
직한 꽃잎을 뜯어 먹고 구사일생으로 살아났다.

어쨌든 그것이 열쇠가 될 것이다.

"휴우─"

긴 한숨과 함께 천호연은 이한성의 맥문은 놓았다.

이한성은 묵묵히 천호연의 설명을 기다리고 있었다.

"내 능력이 미흡하여 조금밖에 읽어내지 못했네."

천호연은 다시 한숨을 쉬며 말을 이었다.

"자네 어머니는 곤음건폐맥이라는 체질이었네. 그래서 그

렇게 병약하고 일찍 세상을 떠난 것이지. 그리고 그 체질의 기운이 자네 몸속에도 잠재적으로 전해져서 자네가 그런 엄청난 사고를 당하고도 전화위복으로 살아남은 것일세. 어머니는 저주받은 천형으로 일찍 떠났지만 그것 때문에 아들은 살아난 셈이지.”

천호연의 설명에 이한성은 어머니에 대한 생각으로 가슴이 아팠다. 만약 좀 더 일찍 알았더라면 무슨 수가 있었을지도 몰랐다.

만약 자신 대신 어머니가 그 뱀에게 물렸더라면 절맥이 치유되고 살아남았을까 하는 의문도 들었다.

어쨌든 지금은 아무런 의미 없는 생각이다.

그런 속마음과는 달리 이한성은 아무런 내색도 않고 앉아 있었다.

“하지만 자네를 물은 뱀이나 자네가 뜯어 먹은 꽃잎이 어떤 것인지는 모르겠네. 아마도 뱀은 극양의 기운을 가진 놈이 분명하네. 그래서 그 뱀에게 물렸을 때 지독한 갈증을 느낀 것이고, 반면 피처럼 붉은 꽃잎은 지독한 한기에서도 꽃을 피우는 극음의 기운을 가진 것이겠지. 그 두 가지 상극의 기운이 자네 몸에서 서로 싸우다가 하나로 엉켜 자네 단전에 만년한철처럼 단단하게 똬리를 틀고 있네. 만약 보통 사람이었다면 그런 기운을 감당하지 못하고 혈맥이 터져 죽었겠지만 다행히도 자네의 몸속에 어머니로부터 이어져 온 절맥의 기운이 있었네. 그래서 견딘 것이지.”

천호연은 자신이 진맥한 바를 비교적 소상히 설명했다.

이한성은 천호연의 설명을 머릿속에서 정리하는지 한참 동안 아무 말이 없었다.

“그럼 제 몸속에 있는 기운으로 수린이를 살릴 수 있습니까?”

한참 후 이한성은 불쑥 물었다.

“글쎄, 나도 확신은 못하지만 지금으로써는 가장 가능성이 높은 방법이 아닐까 생각하네. 그러나 자네 몸속에 있는 기운은 함부로 건드릴 수 없는 것이라 그것 역시 절대로 쉬운 일이 아닐세.”

천호연은 무거운 음성으로 말했다.

“제가 아는 한 세상에 쉬운 일은 없었지요.”

“그, 그건… 그렇지.”

천호연은 한 방 맞은 듯 떠듬거렸다.

“어떻게 하면 제 아랫배에 뭉쳐 있는 기운을 녹여낼 수 있겠습니까?”

잠시 후 이한성은 다시 물었다.

천호연은 잠시 생각을 정리한 후 입을 열었다.

“지금으로써는 어느 것이 더 좋을지 장담할 수 없지만 한 가지 방법으로는 오랜 시간 침술을 펼쳐 서서히 녹여낼 수도 있고, 또 한 가지로는 자네의 단전에 뭉쳐 있는 기운을 일깨울 수 있는 영약으로 녹여낼 수도 있네. 어쩌면 그 두 가지 방법을 혼용하면 더 좋을지도…….”

“무공으로 녹여낼 수는 없는 것입니까?”

이한성은 천호연의 말을 끊으며 질문했다.

은하표국 표사들의 수련을 구경하면서 그들이 이끈 호흡이 단전에 뭉쳐지는 것을 느끼고 무공으로 그 기운을 이끌 수 있을 것이라 생각한 이한성이었기에 그런 질문을 던진 것이다.

“무림에서 다섯 손가락 안에 드는 절정고수의 도움을 받는다면 가능할 수도 있겠지. 하지만 무공에 대해서는 문외한인 나로서는 뭐라 확신할 수 없네. 그런 사람을 만난다는 것도 뜬구름 잡는 것과 같은 얘기이고, 또 그런 식의 방법은 자네를 완전히 망칠 수도 있네.”

천호연은 고개를 저었다.

격체전공(隔體傳功)이니 흡성대법(吸星大法)이니 하는 말은 들어보았지만 그것은 최악의 경우에 행하는 것으로 전수자는 허깨비가 된다고 했다. 특히 무공을 모르는 이한성에게 그런 방법을 사용한다면 그야말로 유리그릇 안에서 화탄을 터뜨리는 것이나 마찬가지 결과를 낳을 것이다.

“만약 제가 그런 고수가 된다면 가능한 것입니까?”

한참 후 이한성은 다시 질문을 던졌다.

천호연은 흠칫 고개를 돌리며 이한성의 얼굴을 쳐다보았다.

눈을 감고 있어 눈빛을 읽을 수는 없었지만 얼굴에 어린 표정만으로도 한번 뜻을 세우면 절대로 흔들리지 않는 집념이 엿보였다.

그야말로 집념 덩어리 인간이란 느낌이 들었다.

"허허!"

천호연은 공허한 웃음을 터뜨렸다.

"절정고수란 것이 그렇게 쉽다면 세상에 절정고수 아닌 사람이 어디 있겠나. 어머니 뱃속에서부터 온갖 영약을 섭취하고 태어나서 평생을 수련해도 절정고수라는 경지에 오르지 못한 사람이 대부분이라네. 자네 나이 벌써 열넷일세. 무공을 익히기에는 많이 굳어버린 몸일지 모르지. 그리고 평생을 수련할 시간도 없지 않은가?"

천호연은 냉정하게 현실을 일깨웠다.

무공을 통해 어떤 시도를 한다는 것은 모든 것을 다 해본 후 최후에 선택하고 싶은 방법이었다. 그만큼 위험부담이 큰 것이기에.

"하지만 절정고수란 사람은 엄연히 존재하지 않습니까?"

"그야……."

천호연은 말문이 막혀 아무런 대답을 하지 못했다.

"마지막으로 한 가지만 더 묻고 싶습니다. 제 눈은……?"

천호연은 다시 말문이 막히는 것을 느꼈다.

어쩌면 그것이 가장 먼저 하고픈 질문이었을 것이다.

그런데 이 소년은 하수린에 대한 모든 질문을 끝내고 마지막으로 묻고 있다.

"자네의 눈이 그렇게 된 것은 자네 몸속에서 극양과 극음이 충돌하며 극음의 기운이 시력에 관계된 혈 한곳을 얼려 버렸기 때문일세. 파열되어 영원히 못 쓰게 된 것은 아니지만 너무 강한 기운이라 지금으로써는 풀 방법이 없네."

천호연은 속으로 한숨을 삼켰다.

비록 파열되지는 않았지만 어쩌면 그 혈은 영원히 녹지 않을 수도 있었다. 억지로 녹이려 한다면 고드름이 부러지듯 파열될 수도 있을 것이다.

"아랫배에 뭉친 기운을 녹여낸다면 시력을 되찾을 수 있겠습니까?"

이한성은 조금도 낙담하는 기색 없이 다시 물었다.

"아마 가능할지도. 수린이의 절맥도 그런 방식으로 치료를 해야 하니까."

천호연은 무겁게 고개를 끄덕였다.

"말씀 잘 들었습니다. 만약 제 아랫배에 있는 기운을 녹여 수린이의 절맥을 치유할 방법을 찾으면 말씀해 주십시오. 의원님의 처방대로 하겠습니다."

"큰 고통이 따를 수도 있네."

천호연이 이한성을 정시하며 말했다.

사전의 위험성에 대해서는 최대한 자세히 알려주는 것이

의원의 의무였다. 그 설명을 듣고 선택하는 것은 당사자의 몫이었다.

이한성은 아무런 대답도 하지 않았다.

천호연은 이한성이 큰 심적 부담을 느끼는 것이라 생각했다.

아직 어린 나이의 소년으로서는 당연한 것이었다.

"여차하면 자네가 지금보다 더 잘못될 수도 있네."

이한성은 여전히 묵묵부답이었다.

"그래도 하겠는가?"

천호연은 마지막으로 못을 박았다.

"약속을 했습니다."

그 말을 끝으로 이한성은 고개를 숙이고는 천호연의 방을 나섰다.

*　　*　　*

"우리 딸에게 요즘 무슨 좋은 일이 있는 거니?"

하수린의 어머니 임소령이 하수린의 얼굴을 유심히 쳐다보며 물었다.

요즘 딸 수린의 얼굴에는 이제껏 한 번도 보지 못했던 활기가 돌고 있었다.

"엄마, 나 친구가 생겼어."

하수린은 들뜬 음성으로 어머니 임소령에게 말했다.

"친구?"

임소령의 눈이 커졌다.

자신의 딸이 가장 원하는 것이 그것이고, 어미로서 가장 해주고 싶은 것이 그것이었지만 불가능한 것이기도 했다. 그래서 언제나 가슴이 아팠다.

그런데 친구라니?

딸이 가족을 빼고 최근 만난 사람이라고 해야 자신을 구해준 소년뿐이다.

그렇다면 그 소년과 친구가 되었단 말인가?

심지가 곧고 언제나 침착성을 잃지 않았지만 눈이 보이지 않는 소년!

임소령은 한편으로는 한없이 기쁜 마음과 함께 다른 한편으로는 가슴이 아팠다.

만약 그 소년이 눈이 보여 너무나 연약한 자기 딸의 진면목을 안다면 친구가 되었을까?

또 그 때문에 딸 수린은 그 소년을 친구로 택한 것이 아닐까?

그런 생각을 하자 더욱 가슴이 아렸다.

"엄마가 무슨 생각을 하는지 알아."

하수린의 말에 임소령은 흠칫 눈을 들었다.

"걔가 나를 못 보아서 친구가 되었다고 생각하는 거 맞지?"

임소령은 일순 말문이 막혀 아무 대답도 하지 못했다.

"걔는 누구보다 날 정확히 보고 있어. 처음에는 신분 차이 때문에 절대로 친구 하지 않겠다고 했는데… 내가 보통 아이들과는 다르다는 것을 알고는 오히려 친구 하기로 했어. 그리고……."

"그리고?"

"그리고… 걔는 엄마가 생각하는 것보다 열 배는 더 심지가 깊어. 그리고……."

하수린은 이한성이 자신의 절맥까지 알고 있다는 것도, 그리고 그라면 자신의 생명을 연장시켜 줄 것 같은 운명을 느끼고 있다는 것도 모두 말하고 싶었다.

그래서 자신이 지금 얼마나 가슴이 뛰고 있는지…….

그래서 혼자만 있을 때는 먹구름처럼 엄습해 오던 질식할 듯한 죽음의 공포에서 벗어나 이제는 아무런 걱정 없이 편하게 숨 쉬고 있다는 사실도…….

죽음이야 겁나지 않지만 어머니, 아버지, 그리고 세 오빠와 빨리 헤어진다는 사실은 너무나 두려웠다.

그러나 지금은 그 공포가 손톱만큼도 남아 있지 않다는 것을 말하고 싶었다.

"그리고… 걔는 언젠가 내 목숨이 위험한 위기가 닥치면 다시 한 번 더 내 생명을 구해준다고도 약속했어. 그리고……."

“그리고 소리는 이젠 그만 하거라. 네가 그 아이를 얼마나 소중하게 생각하는지 이 엄마도 이젠 충분히 알겠다. 어쨌든 잘됐구나. 네가 그런 친구를 두었다면 이 엄마도 기쁘다. 그 애 성정으로 보아서는 네가 싫다고만 하지 않는다면 평생 변하지 않을 것 같으니 정말 좋은 친구가 되겠구나.”

임소령은 환하게 웃으며 말했다.

임소령의 말에 하수린도 티 한 점 없이 밝게 웃었다.

“그렇지, 엄마? 걔는 내가 친구 하지 말자고만 안 하면 영원히 변치 않을 것 같지?”

“그렇게 보이더구나. 세상이 점점 메말라 가지만 아주 드물게는 그런 사람이 있지. 평생에 그런 사람을 한 사람이라도 만나는 것은 큰 복이고…….”

임소령은 하유걸 못지않게 이한성의 진면목을 꿰뚫어 보고 있었다.

“호호! 역시 우리 엄마야. 보통 엄마들이라면 그런 비루한 아이는 친구로 삼지 말라고 길길이 뛰었을 텐데.”

하수린은 어린애처럼 임소령의 품으로 달려들었다.

“다 큰 녀석이 무슨 어리광이냐?”

하유걸이 실내로 들어서며 혀를 찼다. 그러나 그의 얼굴에는 안도감 어린 미소가 떠올라 있었다.

이한성이 오고 나서부터 하수린이 예전에 비해 몇 배는 더 밝아졌다는 것을 그도 느끼고 있었다.

예전에도 밝은 아이였다.

하지만 다분히 다른 사람들의 마음을 달래주기 위해 일부러 그러는 면이 많았다.

처음에는 몰랐지만 언제부터인가 차츰 그것을 느끼게 되었다.

그럴 때마다 더욱 가슴이 아팠다.

이런 아이를 스물을 넘기기 전에 잃어야 한다고 생각하면 하늘을 향해 절규라도 하고 싶었다.

그런데 요 며칠 사이 딸 수린은 그런 꾸민 구석은 손톱만큼도 보이지 않고 진심으로 밝은 표정을 짓고 있었다.

그건 그 소년 때문임이 분명했다.

"수린이에게 친구가 생겼대요. 그래서 이렇게 기분이 좋답니다."

임소령이 미소를 지었다.

"한성이 말인가?"

하유걸이 깊은 눈으로 물었다.

"그래요. 그 아이예요."

"정말 잘됐군. 그 아이라면 평생 좋은 친구가 될 수 있을 것이야."

하유걸의 표정도 환하게 밝아졌다.

절대로 포기하지 않겠지만 만약 절맥을 고치지 못하는 순간이 오더라도 그 아이가 수린의 곁에 있다면 수린이는 조금도 외롭지 않을 것 같았다.

"그런데……."

한없이 밝았던 하유걸의 표정이 어두워지기 시작했다.

"왜 그래요, 여보? 무슨 걱정이라도?"

"조금 전 호연 형님을 만났는데……."

"그런데요?"

"그 아이의 시력은 몸속으로 스며든 강한 냉기에 혈이 얼어붙은 때문이라고 하더군. 그래서 쉽게 치유될 수 있는 것이 아니라고……."

하유걸의 말에 임소령과 하수린의 표정도 대번에 어두워졌다.

"정말 안타까운 일이에요. 시력이 돌아온다면 훨씬 더 많은 일을 할 수 있을 아인데……."

임소령은 길게 한숨을 내쉬었다.

눈이 보인다면 수린이를 위해 훨씬 더 훌륭한 친구가 되어줄 소년이다.

그런데 운명은 너무나 가혹했다.

딸에게나 그 아이에게나…….

"너무 걱정 마세요. 걔는 그런 건 전혀 상관 안 하는 사람이니까요. 눈이 보이면 보이는 대로, 안 보이며 또 안 보이는 대로 한 치의 흐트러짐 없이 자신의 길을 걸어갈 테니까요. 그리고 결국은 시력을 되찾을 거예요."

하유걸과 임소령의 어두운 표정과는 달리 하수린은 일말의 실망감도 드러내지 않고 말했다.

"그래, 그건 우리 수린이 말이 맞다."

하유걸이 고개를 끄덕였다.

"네가 그렇게 생각한다면 우리 마음도 편하구나. 친구를 사귀더니 우리 수린이도 이젠 어른이 되어가네."

임소령도 농담을 던지며 무거운 마음을 털어냈다.

"그런데… 부탁이 하나 있어요."

잠시 후 하수린이 진지한 얼굴로 말했다.

"말해보아라."

하유걸이 하수린을 정시하며 대꾸했다.

"오랜 세월이 흘러 혹시라도 제가 한성이의 친구가 되지 못하는 경우가 생기더라도 어머니, 아버지께서 개 후견인이 되어주세요."

하수린의 부탁에 하유걸과 임소령은 표정이 굳어졌다.

지금 딸 하수린의 말은 마치 자신의 운명을 예견하는 듯 들렸기 때문이다.

"네가 한성이 친구가 될 수 없다니 그게 무슨 말이냐?"

하유걸이 가라앉은 음성으로 물었다.

"뭐, 여자의 운명이란 알 수 없는 거잖아요. 크면 출가도 해야 하고……."

하수린이 기어들어 가는 목소리로 말했다.

“하하! 그 얘기냐? 하긴, 우리 수린이도 얼마 안 있으면 시
집을 가야지. 그때쯤이면 산동제일미가 되어 있을 것이고. 하
하!”

하유걸은 혹시 딸이 자기 운명을 알고 있는 것이 아닐까 철
렁했던 가슴을 쓸어내리며 호쾌하게 웃었다.

“그럼 제 부탁을 들어주시는 거죠, 아빠?”

“그럼. 들어주고말고. 그러지 않아도 그 녀석을 평생 아들
처럼 생각하려고 했다.”

“고마워요, 아빠!”

하수린이 이번에는 하유걸의 품으로 뛰어들었다.

대면(對面)
第十一章

'또 시작이군!'

한 노인, 한조산(韓潮刪)은 뒤통수를 쓰다듬었다.

요 며칠 사이 계속해서 뒤통수가 따끔거렸다. 그러나 그 원인을 알 수가 없었다.

뭔가가 끈질기게 자신을 주시하고 있는 것 같은데 그 실체는 물론 진원지도 알 수가 없었다.

육십 평생에 이런 느낌은 처음이다.

단 한 번 빠르게 스쳐 간 느낌이라면 놓쳐 버릴 수도 있지만 벌써 며칠째 반복되는 느낌임에도 불구하고 그 실체를 찾을 수가 없었다.

그렇다면 자신의 주의력을 뛰어넘는 절정고수란 말이다.

처음에는 고수가 발출하는 살기인 줄 알았는데 그것도 아닌 것 같았다.

살기라면 그 진원지를 이렇게 찾을 수 없을 리가 없다.

살기도 아니면서 살기 이상으로 신경을 긁어댄다.

'이젠 죽을 때가 된 것인가?'

한조산은 쓴 입맛을 다셨다.

뒤통수에 달라붙은 기운이 혹시라도 저승사자의 눈초리가 아닌가 하는 생각도 들었다.

그러고 보니 요즘 입맛도 별로 없고 매사에 의욕도 떨어졌다.

검 한 자루에 모든 것을 걸고 중원 십팔만리를 종횡할 때가 어제 같은데 벌써 환갑이 낼모레다.

한조산은 거듭 입맛을 다셨다.

계속해서 검을 쥐고 살았으면 아직도 청년 못지않은 활약을 하고 있겠지만 검을 꺾어버리기로 결심한 이상 미련을 갖지 말아야 한다.

그런데 자꾸만 옛 생각을 나게 만드는 이 기분 나쁜 느낌이 문제였다.

이 느낌 때문에 요즈음은 자신도 모르게 무공을 펼치지나 않을까 걱정되었다.

방에 있으니 더욱 갑갑한 느낌에 한조산은 벌컥 문을 열과 자신의 처소에서 나왔다.

뜨끔!

다시 뒤통수가 따끔거렸다.

이번에는 확실한 느낌이다.

'됐다!'

한조산은 속으로 쾌재를 외쳤다.

이제껏 안개 속의 존재처럼 모호하기만 하더니 처음으로 실체를 잡은 것이다.

한조산은 손바닥 안에 감추고 있던 돌멩이 하나를 세차게 던졌다.

패애앵—

돌멩이가 유성처럼 쏘아지며 대나무 숲을 향했다.

타다닥, 탁탁!

울창한 대나무 가지들이 돌멩이에 부딪쳐 부러지는 소리가 났다.

한조산은 주변을 두리번거렸다.

누군가 자신의 돌팔매질을 유심히 보았다면 의심을 할지도 몰랐다.

주변에는 아무도 없었다.

대나무 숲 속에서만 계속해서 기분 나쁜 기운이 흘러나왔다.

스스스—

아니나 다를까, 대나무 숲이 흔들렸다.

그 안에 누군가 있다는 증거다.

한조산은 불식간에 내력을 끌어올리다가 급히 단전 깊은 곳으로 가라앉혔다.

스스스―

잠시 후 똑같은 방식으로 대나무 숲이 흔들렸다.

그리고 한 인영이 걸어나왔다.

한조산은 불식간에 다시 내력을 끌어올렸다.

며칠 동안 신경과민에 빠지게 만든 존재가 드디어 실체를 드러내는 순간이었다. 그러다 보니 몸이 저절로 반응을 한 것이다.

'저, 저건?'

한조산은 평소보다 눈을 두 배는 더 크게 떴다.

대나무 숲에서 걸어나온 인영은 아직은 어린애라고밖에 부를 수 없는 소년이었다.

더구나 그 소년은 시력을 잃었는지 두 눈을 꼭 감고 있었다.

한조산은 부릅뜬 두 눈을 끔벅였다.

얼마 전 국주 딸의 손님으로 온 그 소년이다.

처음에는 구레나룻 장한과 같이 왔는데 그는 어디로 갔는지 보이지 않고 소년 혼자였다.

'대체?'

한조산의 청각을 돋우어 대나무 숲 안쪽을 살폈다.

더 이상 아무런 낌새가 느껴지지 않았다.

그렇다면 이 소년이 그동안 자신의 신경을 그렇게 긁어댔던 존재였단 말인가?

한조산은 어이가 없는 심정에 멍하니 이한성을 쳐다보기만 했다.

꾸벅!

한조산의 황당한 심정과는 달리 이한성은 한조산을 향해 고개를 숙였다.

"누구신가?"

한참 동안 멍하니 서 있던 한조산은 마음을 가라앉히고 조용히 물었다.

그의 음성에서는 누가 보아도 하인 특유의 공손한 태도가 배어 있었다.

"이한성이라고 합니다."

"이한성?"

한조산은 눈살을 찌푸렸다.

들어보지 못한 이름이다.

이곳 은하표국에서 잡일이나 해주는 신분으로 지내고 있기에 내당에서 일어나는 일을 세세히 알 수 없는 그로서는 이한성에 대해서 자세히 알 리가 없었다.

다만 그동안 구레나룻 장한과 함께 표국주의 딸 옆에 있는 것을 몇 번 보았을 뿐이다.

그리고 지금은 그런 것이 중요한 게 아니었다.

정말 이 소년이 그동안 자신의 신경을 그렇게 긁어댔던 존재인지 혼란스럽기 그지없었다.

한조산은 순간적으로 이한성을 살폈다.

몸 어느 구석에도 무공을 익힌 흔적이 없었다.

호흡이나 몸짓 모든 것이 무공과는 전혀 인연이 없는 소년에 불과했다.

그런데 어떻게 자신의 신경을 긁는 그런 기운을 풍겼을까?

일단 그 점은 덮어두고 소년의 정체부터 알고 싶었다.

"우리 수린 아가씨의 손님이신가?"

한조산은 여전히 공손함을 잃지 않는 태도로 물었다.

"우연히 알게 되어 친구가 되었습니다."

"친구?"

한조산은 한층 더 의구심이 드는 것을 느꼈다.

국주의 딸이 어떤 상태라는 것은 그도 익히 알고 있었다.

이제껏 친구가 있지도, 친구가 있을 수도 없는 불쌍한 아이다.

그런데 갑작스럽게 친구라니?

어떻게 친구가 되었는지 궁금했지만 그건 자신이 관여할 바가 아니었다.

"그런데… 눈이 안 보이는 모양이군."

한조산은 천호연이 했던 것과 똑같은 질문을 던졌다.

이한성은 침묵으로 답을 대신했다.

"그런데 자네가 그동안……."

한조산은 잠시 말을 멈추었다.

그동안 자신을 괴롭힌 장본인이 너냐고 물을 수는 없었기 때문이다.

"우리가 여기서 만난 것은 결코 우연은 아니란 생각이 드는데 자네 생각은 어떤가?"

한조산은 이한성의 표정을 살피며 물었다.

"실은 제가 노인장에게 부탁이 있어 이곳에서 기다렸습니다."

이한성의 말에 한조산은 잠시 더 이한성을 바라보다가 입을 열었다.

"방금 자네가 한 말에는 몇 가지 어폐가 있군. 아니, 한 가지도 이치에 맞는 것이 없다네. 우선은 자네는 내가 누군지 알고 만나기 위해 기다렸다는 말인가? 그것부터 말이 안 되고, 또 보이지도 않는다면서 이곳에서 어떻게 날 기다린단 말인가?"

한조산의 목소리가 하인 특유의 공손함을 조금 잃고 냉정해졌다.

이번에는 이한성이 말문이 막히는지 바로 입을 열지 못했다.

자신이 생각해도 노인의 말은 지극히 당연했다. 노인의 입
장에서는 자신이 노인장이라고 부르는 것도 쉽게 이해가 되
지 않을 것이다.

이럴 땐 여유를 가지고 납득시켜 가야 한다.

"시간이 되신다면 말씀을 좀 나누고 싶습니다."

이한성은 차분하게 말했다.

그런 심정이야 한조산이 훨씬 더했으므로 한조산은 고개
를 끄덕였다.

"마침 말을 돌보러 가는 길이니 그곳에서 이야기를 나눔
세."

한조산은 일부러 발걸음 소리를 높이며 걸었고, 이한성은
천천히 한조산을 따랐다.

"노인장처럼 숨 쉬는 법을 배우고 싶습니다."

한조산이 관리하는 마구간 한쪽에서 이한성은 단도직입적
으로 말했다.

처음부터 자초지종을 말해도 어차피 쉽게 믿지 못할 것이
니 바로 본론으로 들어가서 하나하나 역으로 설명해 나가고
자 한 것이다.

"나처럼 숨 쉬는 법이라니? 대체 그게 무슨 말인가?"

한조산은 이한성의 질문을 알아듣지 못하고 반문했다.

숨 쉬는 법이라니?

무림인이라면 모르겠지만 시력을 잃은 아이가 할 말은 아니었다.

"노인장처럼 굵고 도도하게 호흡하는 법을 배우고 싶습니다."

이한성의 다음 대답에 한조산은 와락 신형을 돌리며 이한성을 쳐다보았다.

마치 낮도깨비에 홀린 기분이었다.

이곳에서 생활한 지 어언 오 년이 되어가지만 누구도 자신의 호흡을 읽지 못했다.

총표두는 물론이고 표국주 하유걸도 마찬가지다.

무인에게 있어 호흡을 읽는다는 것은 기도를 읽는 것이다.

또한 그것은 무공의 수준을 가늠하는 것이기도 하다.

대개의 경우 고수는 하수를 세세히 읽을 수 있지만 하수는 고수를 읽을 수 없다. 하수는 고수를 읽으려 해도 깊이를 짐작 불가능한 호수를 들여다보는 느낌만 받을 뿐이다.

그러나 그것도 어느 정도 차이가 날 때의 이야기다.

그 차이가 현격해지면 하수들은 그런 절정고수에게서 아예 아무것도 읽지 못한다. 고수가 자신을 드러내지 않는 한 하수는 아무것도 느끼지 못하고 무공을 모르는 사람으로 생각한다.

이곳 은하표국 총표두 정가진은 물론 표국주 하유걸마저도 한조산 자신에 대해서는 그냥 나이 든 평범한 하인으로 생각하고 있다.

그런데 이 소년이 자신의 호흡에 관해서 언급하고 있다.

"대체 그게 무슨 말인가? 자네도 지금 나와 마찬가지로 숨을 쉬고 있지 않은가?"

한조산은 이한성의 말이 무언가 다른 뜻이라 여기며 멈추었던 갈기 손질을 계속했다.

"가만히 서 있거나 걸어 다니거나, 심지어 뛰어다닐 때도 단 한 순간의 흐트러짐이 없는, 심해처럼 잔잔하고 깊으며 대하의 물줄기처럼 도도한 그런 호흡을 배우고 싶습니다."

이한성의 설명에 한조산은 순간적으로 엇! 하고 소리를 지를 뻔했다.

방금 이한성이 말한 호흡은 바로 자신이 평생을 두고 익힌 심법의 근간이다.

처음 심법에 입문할 때 사부는 언제나 그런 설명과 함께 가르쳤다.

순간적으로 마치 사부가 살아 돌아온 느낌을 받았다.

"대체 네놈 정체가 무어냐?"

한조산은 어느새 이한성의 목을 움켜잡고 낮게 으르렁거렸다.

이한성은 숨이 막혀오는 것도 느끼지 못한 채 멍한 기분에 빠져들었다.

방금 펼쳐진 노인의 움직임!

순간적으로 붉은 연기가 노인이 섰던 자리에서 자신의 코 앞까지 후욱 하고 밀려오는 것 같았다. 그리고는 어느새 자신의 목이 노인의 손아귀에 움켜쥐어 있다.

흡사 귀신의 움직임 같았다.

약초를 캐러 다니며 보았던 어떤 산짐승도 이렇게 빠르진 않았다.

하늘을 날아다니는 새라 해도 마찬가지였다.

새가 아무리 빨라도 사냥꾼의 화살보다는 늦었다.

그런데 노인의 움직임은 화살을 능가해 보였다.

만약 멀쩡하게 눈으로 보고 있었다면 번쩍하고 사라졌다가 코앞에서 솟아오른 것처럼 보였을 것이다.

역시 노인은 정체를 숨긴 고수임에 틀림없었다.

그건 맞는데 그 고수 손에 죽어가고 있다는 것이 문제였다.

"캑! 캑!"

이한성은 발버둥치거나 버둥거리지 않고 억눌린 기침만 토해냈다.

한조산의 손아귀에 가해진 힘이 조금 줄어들었다.

잠시 후 한조산은 천천히 이한성의 목을 움켜쥐고 있던 손을 놓았다.

"휴우—"

이한성은 억눌렸던 호흡을 토해내며 목덜미를 주물렀다.

짧은 순간이었지만 목이 부러질 것 같은 기분이었다.

한조산의 손아귀 힘은 마치 쇠로 된 갈고리처럼 단단하고 무서웠다.

"네놈의 정체를 밝히거라. 안 그러면 이 자리에서 살아나가지 못할 것이다."

한조산은 얼음장처럼 차가운 음성으로 말했다.

또한 그의 몸에서 피어나는 기운은 지금까지와는 백팔십 도로 달랐다.

지금까지의 순박하고 인자한 노인 같은 느낌은 단 한 줄기도 찾아볼 수 없고 근처에 있는 것만으로도 숨이 턱턱 막히고 손발이 덜덜 떨리는 살기가 쏟아져 나왔다.

이한성은 다시 숨이 막혀오는 것을 느꼈다.

목을 움켜쥔 손은 풀렸지만 아까보다 훨씬 더 숨 쉬기가 힘들어졌다.

아까는 목만 조여들었지만 지금은 심장을 비롯한 온몸이 쇠사슬에 칭칭 감긴 듯 조여들었다.

"컥!"

이한성은 다시 기침을 토했다.

이한성을 쳐다보던 한조산의 표정이 조금 풀어졌고, 그에 따라 온몸을 조여오던 기운도 느슨해졌다.

"콜록! 콜록!"

이한성은 오장육부를 다 토해내듯 기침을 했다.

그러는 사이 온몸을 조여오던 기운은 모두 사라지고 원래의 편안한 상태로 돌아왔다.

"후우—"

이한성은 긴 호흡과 함께 쓰러질 듯한 몸을 추스렸다.

무림의 고수들은 눈빛만으로도 사람을 죽일 수 있다는 말을 믿지 못했는데 지금은 일말의 의심도 없이 믿을 수 있을 것 같았다.

노인이 조금만 더 살기를 내뿜었으면 온몸에 피가 통하지 않고 근육이 오그라들어 죽었을 것이다.

"정체를 밝혀라!"

한조산이 얼음처럼 차가운 음성으로 말했다.

이한성은 긴 한숨을 한 번 더 내쉬고는 결심한 듯 입을 열었다.

"제게는 제 스스로도 믿어지지 않는 이상한 능력이 있습니다. 태어날 때부터 있던 능력은 아니고, 사고를 당해 시력을 잃으며 갑자기 생긴 능력입니다. 시력을 잃고 나서 얼마 후 정수리에 다른 눈 하나가 생긴 느낌이 들더니 그곳으로부터 사물의 형체를 열감(熱感)으로 느낄 수 있게 되었습니다. 그리고 이제는 그 눈으로 사람의 몸속에 흐르는 호흡도 읽을 수 있습니다. 그래서 노인장의 호흡에 대해 말씀드릴 수 있었습니다."

이한성은 짤막하게 자신에 대해 설명했다.

뱀 취급 당하지 않으려면 되도록 숨겨야 할 능력이었지만 천호연과 이 노인에게는 밝힐 수밖에 없었다.

"지금 그 헛소리를 나보고 믿으란 말이냐?"

한조산의 목소리가 더욱 차갑게 내려앉았다.

"노인장께선 왼쪽 약지를 잃었군요."

"엇!"

한조산은 움찔 놀라며 반사적으로 왼손을 허리 뒤로 돌렸다.

그것은 손가락 하나를 잃은 후 무의식적으로 생긴 버릇이었다.

손을 앞으로 내밀고 있더라도 새끼손가락은 안 보이는 각도를 취하고 있었으므로 웬만큼 오래 지낸 사람이 아니고서는 잘 모른다.

그런데 이한성이 그것을 알고 있다는 것은?

"누구에게 들었느냐?"

한조산은 아직도 이한성의 말을 믿지 못하고 차갑게 물었다.

"지금 노인장의 손은 허리 뒤로 돌아가 있습니다."

이한성은 다시 자신의 능력을 펼쳐 보였다.

한조산은 한동안 꼼짝도 않고 이한성을 노려보았다.

손가락 한 개가 없는 것은 사전에 알고 있을 수도 있지만 허리 뒤로 손이 돌아간 것은 알 수 없는 일이다.

그렇다고 실눈을 뜨고 있는 것은 절대 아니었다.

그랬다면 자신이 지금 눈으로 쏘아내고 있는 기운에 의해 비명을 지르고 쓰러졌을 것이다.

'이걸 믿어야 하나?'

한조산은 혼란스러운 심정에 이한성의 얼굴에서 한시도 눈을 떼지 못하고 있다가 허리 뒤로 감춘 손을 들어 올렸다.

"몇 개냐?"

손가락 두 개를 펼친 한조산이 질문을 던졌다.

"두 개입니다."

"실눈으로 보고 있는 것은 아니겠지?"

"새로 생긴 눈은 사각이 없습니다. 제 뒤통수에 대고 물으셔도 맞힐 수 있습니다."

이한성의 말에 한조산은 이한성의 뒤쪽으로 신형을 옮긴 후 오른 손가락 다섯 개를 모두 펼쳤다.

"다섯 개입니다. 오른손은 안 다치셨군요."

이한성의 대답에 한조산은 손가락 두 개를 접었다.

"이젠 세 개입니다."

더 이상 이 시험은 필요가 없었다.

다른 시험을 할 때였다.

"내 숨결이 지금 어디로 가느냐?"

한조산은 수태음폐경(手太陰肺經)으로 진기를 흘렸다.

"배꼽 위에서 아래로 내려가고… 그곳에서 다시 위로 올라와 심장 근처로… 그리고 목 아래쪽으로… 그곳에서 밖으로 사라졌습니다.”

한조산은 자신도 모르게 입을 벌렸다.

이젠 도저히 믿지 않을 수가 없었다.

세상에는 모래알만큼 많은 기인이사가 있다고 하지만 이런 인간은 또 처음이다.

시력이 아닌 다른 특별한 감각으로 신체의 움직임을 읽는 것은 또 이해해 줄 수가 있다고 쳐도 몸속의 호흡을 읽다니?

이런 경우는 들은 적이 없었다.

거듭 낮도깨비에 홀린 기분이었다.

그렇다면 요 며칠 사이 뒤통수가 따끔거린 이유는 이놈이 그 이상한 눈으로 자신을 쳐다보고 있어서란 말인가?

처음에는 살기인 줄 알았지만 그것도 아닌 이상한 느낌.

살기처럼 감지되지도 않고 계속해서 뒤통수만 따끔거리게 하던 그 느낌은 이놈의 정수리에서 뻗어 나온 기운이란 말인가?

“거기서 조금 기다리거라. 하던 일은 끝내야 하니.”

하던 일도 일이지만 마음을 좀 정리해야 할 것 같았다.

이런 혼란스런 심정 그대로 밖으로 나간다면 그동안 철저하게 안으로 숨긴 내력이 드러날 것만 같았다.

“알겠습니다.”

이한성은 고개를 한 번 숙인 후 꼼짝도 않고 서 있었다.

“내 호흡을 왜 배우려고 하는 것이냐?”

한동안 말없이 말갈기를 손질하며 흥분되었던 마음을 진정시킨 한조산은 그 자세 그대로 질문을 던졌다.

"첫째로는 한 가지 약속을 지키고, 그다음으로는 잃어버린 제 시력을 되찾기 위해서입니다."

"약속을 지키고, 시력을 되찾는다고?"

한조산의 뇌리가 다시 혼란스러워졌다.

이한성은 사고를 당한 경위와 하수린과의 약속, 그리고 천호연이 진맥한 후 들려준 이야기를 상세히 설명했다.

한조산은 말갈기를 손질하는 자세 그대로 한마디도 하지 않고 이한성의 얘기를 들었다.

"믿어지지 않는 얘기로군."

이한성의 설명이 끝났을 때 한조산은 손길을 멈추며 혼잣소리처럼 중얼거렸다.

믿어지지 않을뿐더러 이한성의 계획 역시 황당무계하기 짝이 없었다.

단전에 그런 기운이 굳어 있다면 자신이라 해도 제대로 녹여낼 엄두가 나지 않을 것이다. 그런데 열네 살이 넘은 지금부터 호흡을 익혀 그것으로 그 엄청난 기운을 녹여내겠다니?

어린아이의 짧은 소견이고 무공이라고는 일초반식도 모르는 상태이니 그런 황당한 생각을 한다고 느껴졌다.

"친구와 약속을 지키고 또 잃어버린 시력을 찾겠다는 마음은 이해하겠지만 호흡, 아니, 심법만으로 그것이 가능하다고는 생각지 않는다. 만약 평생을 매진하여 내 나이 정도가 되어서라면 또 일말의 가능성이라도 있을지 모르겠지만 앞으로 육 년 안에 그걸 이루겠다는 생각은 무공을 아는 사람이라면 삼척동자라도 웃을 것이다. 그렇게 서둘러 시행하다가는 네 몸은 유리그릇처럼 깨어질 것이다.”

한조산은 완곡하게 거절의 뜻을 밝혔다.

이한성으로서는 단순히 숨 쉬는 법을 가르쳐 달라는 것이겠지만 한조산에게는 제자를 하나 거두는 것이나 마찬가지다.

새끼손가락 하나를 잘라내며 강호와 연을 끊은 지 벌써 십 년이다.

마음 같아서는 몸속에 있는 내력마저 모두 씻어내고 싶었다. 그런 자신이 누군가를 가르친다는 것은 말이 되지 않았다.

“약속을 지키고 싶습니다.”

이한성은 돌처럼 굳은 음성으로 말했다.

“그러기 전에 네 녀석이 먼저 죽을 것이다.”

“약속을 지킨다면… 그래도 좋습니다.”

“죽어도 좋다고?”

한조산이 눈을 치뜨며 물었다.

그래봐야 이한성이 자신을 보지 못하겠지만 무의식적인 행동이었다.

"어차피 한 번은 죽지요. 벌써 죽었을 수도 있었는데 살아
났으니 덤으로 사는 것이기도 하고요."

한조산은 눈살을 찌푸렸다.

도저히 어린애 같지가 않았다. 그리고 고집은 황소 열 마리
가 달려들어도 못 이길 것 같았다.

이런 놈이라면 일 년 내내 따라다니며 조를 수도 있을 것이
다.

하지만 이 세상에 더 이상 자신의 흔적도, 미련도 남기고
싶지 않았다.

이대로 지내다 평범한 촌부로 늙어 죽고 싶었다.

"그건 네 마음이니 나로서 왈가왈부할 것이 아니지. 하지
만 난 아무도 가르치고 싶지 않다."

한조산은 칼로 자르듯이 단호하게 말했다.

한동안 이한성은 아무 말 없이 서 있었다.

"잘 알겠습니다."

잠시 후 이한성은 고개를 숙인 후 등을 돌렸다.

한소산은 멀어져 가는 이한성의 등을 멍하니 쳐다보았다.

거듭 낮도깨비에 홀린 기분이었다.

요 며칠 동안 끈질기게 자신의 뒤통수를 따끔거리게 했고,
스스로의 비밀까지 세세히 설명하며 숨 쉬는 법을 가르쳐 달
라는 놈이다.

또한 말투와 행동거지에서 웬만해서는 꺾이지 않을 고집

이 느껴졌다. 그래서 자신이 거절을 하더라도 진드기처럼 달라붙으며 가르쳐 달라고 할 줄 알았다.

그런데 단 한 마디 거절에 시든 풀잎처럼 고개를 숙이고 돌아섰다.

이러려고 그렇게 긴 시간 자신을 지켜보고 장황하게 신세 타령을 했단 말인가?

"허, 별 싱거운 놈을 다 보겠네."

한조산은 어이없는 웃음을 흘린 후 다시 말갈기를 손질했다.

"그나저나 수린이가 육 년밖에 못산단 말인가?"

한조산은 도깨비 같은 이한성의 존재로 인해 잠시 지나치고 있었던 사실을 떠올리며 한동안 멍하니 서 있었다.

第十二章
위기(危機)

　　이한성이 숙소로 돌아오자 하유걸 부부와 천호연, 그리고
하수린이 기다리고 있었다.
　　"어딜 갔다 오느냐?"
　　하유걸이 걱정스런 음성으로 물었다.
　　모든 것이 낯선 이곳에서 몸도 성치 않은 이한성이 돌아다
니는 것이 염려가 된 모양이다.
　　만약 무언가에 걸려 넘어지기라도 하면 어깨가 다시 탈골
될 수도 있었기 때문이다.
　　"갑갑하여 바람을 좀 쐬고 왔습니다."
　　"그러냐? 근처에서는 안 보이기에 걱정했다."

하유걸은 고개를 끄덕이고는 말을 이었다.

"호연 형님으로부터 들었다. 너를 우연히 만나 벌써 진맥을 해보았다고."

하유걸의 목소리가 무거워졌다.

천호연으로부터 이한성이 시력을 회복하는 것은 천운이 따르지 않고는 힘들다는 설명을 들었기 때문이다.

천호연은 하유걸에게 이한성이 사고를 당한 이후 시력을 관장하는 혈이 지독한 한기에 얼어붙어 버려 그것을 녹이려면 천운이 있어야 한다고만 설명했다. 그 외 이한성이 얻은 기이한 능력과 단전에 엄청난 기운이 엉켜 있다는 것, 그리고 그 기운을 녹여내면 하수린의 절맥을 치료할 수 있다는 것은 비밀에 부쳤다.

이한성의 단전에 그런 엄청난 기운이 뭉쳐 있다는 사실이 외부로 흘러나가면 마치 영물의 내단을 섭취하듯 달려들 놈들이 분명 있을 것이다.

또 그런 엄청난 기운을 녹여내기 위해서는 오랜 연구가 필요하고 그 이후에는 많은 시험을 해야 하는데, 지금은 그것이 가능할지 장담할 수 없는 상황이라 괜한 희망을 주고 싶지 않았다.

희망이 열이면 그것이 깨어졌을 때는 백의 실망을 하게 된다.

당분간 지금까지 하던 대로 치료를 하며 시간을 가지고

연구를 해볼 생각이었다. 그리고 그 연구가 성과를 이루고 나면 하유걸에게도 밝히고 이한성에게 시험을 할 생각이었다.

그 기간은 짧아도 삼 년은 걸릴 것이다. 그러기에 지금은 밝히고 싶어도 밝힐 수가 없었다.

이한성이 시력을 되찾는 것만큼 그 연구 또한 천운이 따라야 할 일이었다.

"큰 도움이 되지 못해 정말 미안하네."

하유걸은 진심으로 안타까움을 표했다.

"아닙니다. 하지만 어떤 연유로 제 눈이 보이지 않는지 안 것만으로도 제게는 천지차이입니다."

이한성은 조금도 낙담하는 기색 없이 답했다.

"그렇지만……."

하유걸은 끝내 안타까운 마음을 달래지 못했다.

"하지만 지성이면 감천이란 말이 있어요. 이 공자는 심지가 차돌처럼 굳으니 언젠가는 시력을 되찾을 날이 올 거예요."

임소령도 안타까움을 금치 못하는 음성으로 위로했다.

"감사합니다. 저도 그렇게 되리라 생각합니다."

이한성은 임소령을 향해서 고개를 숙였다.

"그래요. 꼭 그렇게 될 거예요."

임소령이 간절한 목소리로 말했다.

“그런데… 탈골된 어깨는 어떻게 된 것인가?”

하유걸은 이한성과 천호연을 번갈아 쳐다보며 질문했다.

자신의 짐작대로라면 이제 겨우 일어나서 조심스럽게 기동이나 할 상태일 텐데 움직임에 전혀 부자연스러움이 없어 보였다.

“뱀에 물리고 핏빛 꽃잎을 따 먹어 구사일생으로 목숨을 구한 후 전화위복으로 육체적 회복력이 보통 사람의 몇 배로 증가되었네. 그래서 탈골된 부위도 이젠 거의 다 아물었다네.”

천호연이 이한성의 상세를 설명해 주었다.

“그렇습니까. 그건 정말 다행입니다.”

내내 무겁기만 하던 하유걸의 음성이 처음으로 밝아졌다.

“정말 다행이에요.”

임소령도 반색을 하며 목소리를 높였다.

이한성은 하유걸 부부의 가식 없는 목소리에 가슴이 아려 오는 것을 느꼈다.

이들 부부는 하수린의 걱정 때문에 여념이 없을 텐데도 불구하고 조금도 거리낌 없이 자신을 대하고 진심으로 걱정해 주었다.

물론 자신이 딸 수린을 구해준 때문이기도 하겠지만 처음부터 끝까지 그러기는 쉽지 않았다.

어쩌면 그런 점 때문에 한 노인이라 불리던 사람도 신분을 속이고 이곳에서 하인 노릇을 하고 있는지도 몰랐다.

"우리 수린이하고는 친구로 지내기로 했다면서?"

하유걸은 조금 가라앉은 음성으로 물었다.

"나이가 같다기에……."

이한성은 조심스런 음성으로 답했다.

자신이 하수린의 목숨을 구해주었기에 은인으로서 대접을 해주는 것과 딸의 친구로 받아들이는 것은 완전히 다르다.

은인은 누구나 될 수가 있지만 친구는 함부로 될 수 있는 것이 아니다.

"수린이는 이제껏 친구가 없었지. 너도 지금쯤 느끼고 있겠지만 어릴 때부터 몸이 약해 바깥출입 한번 제대로 못했어."

하유걸은 잠시 말을 멈추었다.

"그래서 언제나 외로웠지. 하지만 네가 친구 하기로 했다니 나는 더없이 기쁘구나. 그 마음 끝까지 변치 않고 영원히 친구가 되어줄 수 있겠니?"

잠시 후 하유걸은 더욱 가라앉은 음성으로 물었다.

이한성은 긴장이 풀어지는 것을 느끼며 천천히 고개를 끄덕였다.

"그렇게 하겠습니다."

"정말 고마워요. 아니, 우리 수린이 친구라면 아들과 다를 바 없으니 나도 말을 편하게 할게. 정말 고맙다. 그리고 그 마음 영원히 변치 않길 바라.”

하수린의 어머니 임소령도 이한성의 손을 잡으며 진심으로 기뻐했다.

이한성은 시력을 되찾고 싶은 마음이 또 한 번 간절해지는 것을 느꼈다.

시력을 되찾아 하유걸 부부의 얼굴을 보고 싶었다.

이 두 사람은 대체 어떤 얼굴과 어떤 눈빛을 하고 있을까?

마음으로 느끼는 두 사람의 진심은 단 한 점의 가식이 없었다. 그 마음을 얼굴을 통해, 눈을 통해 더 깊이 느끼고 싶었다.

또한 황삼 아저씨가 자신이 이제껏 본 여자 중에 제일 예쁜, 요정 같고 선녀 같다는 하수린의 얼굴도 보고 싶었다.

“형님께서 자네를 좀 더 진맥해 보고 싶다고 하니 너하고 같이 왔던 황삼이란 사람이 오더라도 우리 집에서 좀 더 머물다 가도록 하는 게 어떻겠느냐?”

하유걸이 조심스러운 음성으로 권유했다.

이한성은 강 노인 부부가 걱정할 것을 생각하니 선뜻 답할 수가 없었다.

“그럼 그 사람이 오면 집으로 갔다가 다시 오는 것은 어때?”

이번에는 임소령이 타협안을 내놓았다.

"황삼 아저씨가 오면 의논해 보도록 하겠습니다."

이한성은 고개를 끄덕였다.

"그래, 꼭 그렇게 해. 네가 오고 나서부터 우리 수린이 얼굴에 꽃이 활짝 피었어."

임소령이 장난기 섞인 음성으로 말했다.

"엄마!"

하수린이 화들짝 놀라며 임소령의 팔을 때렸다.

"하하하!"

"하하!"

하수린의 행동과 표정이 귀여웠는지 하유결과 천호연이 너털웃음을 터뜨렸다.

"그럼 형님이 진맥을 더 해야 한다니 우린 나가 보도록 하자."

하유걸 부부는 구경하겠다는 하수린을 데리고 밖으로 나갔다.

"어제오늘 어딜 그렇게 돌아다녔나? 자네를 만나러 올 때마다 허탕을 쳤네."

둘만 있게 되자 천호연은 의구심이 감도는 목소리로 물었다.

다른 사람들과 달리 이한성이 또 하나의 눈으로 사물을 인식한다는 것을 알고 있는 천호연은 이한성이 정말 무료해서 이곳저곳 돌아다닌 것이 아니라고 생각했다.

"후원 대밭에서 생각을 좀 했습니다."

이한성은 한조산을 만난 사실을 숨기며 답했다.

"어떤 생각 말인가?"

"그냥 요 며칠 사이 마음이 너무나 혼란스러워……."

이한성은 말끝을 흐렸다.

"하긴 그렇겠지. 실망도 했을 것이고, 수린이 부탁에 마음도 무거웠을 것이고."

천호연은 고개를 끄덕였다.

운명은 이 소년에게 나이에 비해 수십 갑절은 더 무거운 운명을 던져주었다.

보통 소년이라면 그 무게에 짓눌려 벌써 질식해 버렸을 것이다.

"다시 진맥을 좀 해봄세. 그때 놓친 것이 좀 있네."

천호연은 이한성의 맥문을 잡고 진맥을 시작했다.

단전에 만근석처럼 굳어 있는 기운.

그 기운을 어떻게 녹여낼까?

또 녹여낼 방법을 찾는다면 어떻게 한꺼번에 터뜨리지 않고 부드럽게 흐르게 할까?

이틀 동안 천호연은 그 두 가지 문제를 가지고 머리가 터질 듯이 고민했다.

이한성이 절정고수라면 폭발하지 않고 부드럽게 녹이는

문제만 생각하면 되었다. 그러면 그것을 몸속으로 흘리는 문제는 그렇게 어렵지 않을 것이다.

절정고수라면 혈맥이 보통 사람들로서는 상상할 수 없을 정도로 질기고 튼튼하니 큰 기운이 흘러도 견딜 수 있다.

그러나 이한성은 무공이라고는 전혀 모르는, 그것도 아직 혈맥이 자리도 다 잡히지 않은 소년이다.

사고 때는 천운으로 그것을 견뎠지만 다시는 그렇게 되지 못한다.

지금 이한성의 몸에는 어머니로부터 잠재적으로 물려받은 절맥의 기운이 거의 다 씻겨 나간 상태다.

그런 이한성의 혈맥에 아무런 충격도 받지 않고 그 기운을 흐르게 하려면 그야말로 대법 수준의 침술과 약술을 써야 할 것이다.

그런 연후에라야 이한성에게 있는 기운을 하수린에게 흘려 넣어 하수린의 절맥을 치료할 수 있을 것이다.

이론상으로야 그런데 그것이 얼마나 힘들고 어려운 일일지는 생각하는 것만으로도 숨이 턱 막힌다.

천호연은 이한성의 단전에 굳어 있는 기운의 크기와 굳은 정도를 파악하기 위해 온 신경을 집중했다.

이틀 전의 진맥에서는 현재 이한성의 혈맥 상태와 잠재된 절맥의 흔적을 찾는 데 온 심력을 다 썼다면 지금은 오로지 단전에 엉킨 기운을 살피기에 온 심력을 모으고 있었다.

'예상보다 훨씬 더 어마어마한 기운이다!'

천호연은 속으로 놀라움을 금치 못했다.

이틀 전에도 엄청난 기운이 엉켜 있다는 것을 느꼈지만 다시 살펴보니 그때의 예상보다 더 큰 기운이다.

천호연은 놀람과 함께 암울한 기분도 같이 느꼈다.

이런 기운을 녹여내고 무리 없이 이한성의 혈맥을 통해 흐르게 하려면 어떤 침술과 영약을 사용해야 할지 지금으로써는 도저히 감이 잡히지 않았다.

수많은 영약을 준비해야 할 것이고, 온갖 의서를 다 뒤져 혈맥을 제어하고 그런 큰 기운을 지탱하게 만드는 침술에 대해 연구해야 할 것이다.

"휴우―"

한참 후 천호연은 긴 한숨과 함께 진맥을 마쳤다.

그의 눈에 이한성이 점점 더 괴물처럼 보였다.

그 괴물은 대할 때마다 더 커지고 더 흉맹해지는 느낌이다.

그런 사고를 당하고 어떻게 살아남았는지 여전히 믿어지지 않았고, 이런 기운을 품고 어떻게 살아가는지도 납득이 가지 않았다.

이런 정도라면 의술만으로 되는 것이 아니고 무공의 도움도 받아야 될 것 같았다.

침술로 혈도와 혈맥을 제어한 상태에서 고수가 무공으로

물길을 제대로 잡아주어야 가능한 것이다.

평소 무공으로 혈도를 다스리는 것보다 의술로 다스리는 것이 한 수 위라고 생각하던 천호연으로서는 자존심이 상하는 일이었지만 이번에는 어쩔 수 없다는 생각이 들었다.

사람의 생명을 구하는 일에 자존심을 개입시켜서는 안 될 일이다,

하수린의 절맥을 치료하기 위한 연구에는 무공의 고수도 포함되어야 했다.

천호연은 그렇게 결심을 굳혔다.

"끝났습니까?"

이한성은 담담하게 물었다.

"그래, 다 됐네."

천호연은 자신의 진맥에 대해 조금도 궁금해하거나 기대를 하는 것 같지 않은 이한성의 목소리에 약간은 맥 빠진 음성으로 답했다.

"그럼 한 가지 묻고 싶은 것이 있습니다."

"말해보게."

"인체의 혈도에 대해서 자세히 좀 알고 싶습니다. 이름은 물론이고 위치, 그 혈도가 인체에 어떤 작용을 하는지 등등……."

이한성의 질문에 천호연의 눈이 이채를 띠었다.

그게 한두 개도 아니고 또 그걸 다 익히려면 몇 달은 공부

를 해야 할 것이다.

책을 보고 공부를 해도 그럴 것인데 시력을 잃은 상태라면 더 힘들 것이다.

"그럴 알아서 무얼 하려고 그러나?"

천호연이 물었다.

"언젠가 내 몸속의 기운을 녹여 혈도를 통해 수린이 몸속에 흘려 넣으려면 제가 알아두어야 하지 않겠습니까?"

"그렇기야 하겠지만 자네가 몰라도 내가 알아서 침으로 제어할 수가 있네."

"그래도 가르쳐 주십시오. 모르는 것보다는 도움이 되리라 생각합니다."

천호연은 입맛을 다셨다.

이한성의 목소리에서는 침착하면서도 꺾이지 않을 고집이 느껴졌다.

지금 자신이 안 가르쳐 주더라도 어떤 식으로든 배우고 말 것이다. 그럴 거면 차라리 자신이 가르쳐 주는 것이 낫다.

"그럼 우선 중요한 대혈만 내가 가르쳐 주겠네. 그 외에는 책에 있으니 수린이를 통해 배우게."

천호연은 마침내 승낙을 했다.

"감사합니다."

이한성은 깊이 고개를 숙였다.

　　　　　*　　　*　　　*

다시 뒤통수가 뜨끔거리는 기분이다.

얼마 전까지는 아주 조심스럽게 느껴지던 기운이지만 이제는 노골적으로 부딪쳐 오고 있었다.

'이런 망할 놈을 보았나.'

한조산은 눈살을 찌푸리며 대나무 숲 쪽을 노려보았다.

송곳처럼 날카로운 한줄기 기운은 그곳에서 계속 흘러나오고 있었다.

울창한 대나무 숲에서는 날카로운 기운만 느껴질 뿐, 놈이 그 대나무 숲 어느 곳에 있는지는 보이지 않았다. 그런데 그놈은 자신을 정확히 쳐다보는지 가는 곳마다 따끔거리는 기운이 따라다녔다.

'정말 그 말이 사실이란 말인가?'

한조산은 며칠 전 이한성이 들려준 그 말 같지도 않은 이야기를 떠올렸다.

그 뱀눈인지 뭔지 하는 눈은 사각도 없고 막히는 것도 없다고 했다. 그래서 저 울창한 대나무 숲 속에서도 자신을 쳐다보고 있는 모양이다.

살다 살다 별 해괴한 놈 다 본다는 생각이 들었다.

넓고 넓은 중원 천지를 돌아다니다 보면 정말 희한한 놈들을 다 만난다.

한 몸에 남자와 여자를 다 달고 태어난 놈도 있었고, 온몸이 원숭이처럼 털이 뒤덮인 놈도 있었다.

또한 보통 사람보다 두 배는 더 큰 인간도 있었고 반대로 반밖에 안 되는 인간도 있었다.

그들은 대부분 태어날 때부터 그렇게 태어났다.

그런데 저놈은 뱀에 물리고 나서 그런 해괴한 능력을 얻었다고 했다.

그것이 가능하단 말인가?

그런 뱀에 물렸으면 자신이라 해도 살아날 확률이 얼마 되지 않았을 것이다.

그런 사지에서 살아났고 열감으로 사물을 인식하는 것도 모자라 호흡까지 읽는다는 말이다.

호흡을 읽는다!

그것은 곧 기를 읽는다는 것이다.

실제로도 자신이 수폐음태경을 운기했을 때 기가 움직이는 경로를 정확히 읽어냈다.

그때는 신음을 흘릴 정도로 놀랐다.

만약 저런 능력을 가진 고수와 상대한다면 공격을 하기도 전에 호흡을 낱낱이 읽히고 역습을 당해 순식간에 쓰러질 것이다.

저놈이 제대로 무공을 익힌다면 무림사에 다시없을 무서운 인간이 될 수도 있을 것이다.

그런 때문에 욕심이 나기도 했지만 자신은 더 이상 강호와는 연을 끊었다.

'이놈이!'

이런 저런 생각을 하며 말 먹이통에 건초더미를 던져 넣던 한조산은 속으로 비명을 토했다.

이따금씩 따끔거리던 기운이 한꺼번에 뒤통수로 쏟아졌다.

이건 마치 수십 개의 바늘이 마구잡이로 찔러대는 느낌이었다. 그리고 그 느낌은 시간이 갈수록 더 광폭해졌다.

'이놈이 감히!'

더 이상 참을 수 없을 정도가 된 한조산은 주변을 살핀 후 소피라도 보려는 듯한 몸짓과 함께 대나무 숲으로 들어갔다.

"아니! 저놈이?"

대나무 숲 속에 들어온 한조산은 두 눈을 동그랗게 떴다.

이한성이 거품을 물고 쓰러져 있었다. 뿐만 아니라 떡을 삼키다 목에 걸린 아이들처럼 컥컥거리며 온몸을 비틀고 있었다.

"이, 이놈! 대체 무슨 일이냐?"

한조산은 고함을 지르며 이한성에게로 달려가 이한성의 신형을 안아 일으켰다.

이한성의 얼굴은 흡사 목이 졸려 죽는 인간처럼 시커멓게 죽어가고 있었다.

뿐만 아니라 손발도 얼음처럼 차가웠다.

"대체 뭘 잘못 먹었기에!"

타다다닥, 탁!

한조산은 이한성의 가슴과 아랫배, 그리고 명치 어림을 빠르게 두드렸다.

"커억!"

한참을 두드렸을 때 이한성은 막힌 숨을 토해내며 경련을 멈추고 축 늘어졌다. 이윽고 시커멓게 죽어가던 얼굴에 혈색이 돌아왔고 얼음장처럼 차갑던 손발도 온기를 회복했다.

한조산은 다시 혈 몇 군데를 더 두드리고는 이한성을 일으켜 앉혔다.

"후우—"

긴 한숨을 내쉰 이한성이 얼굴에 흐른 땀을 닦았다.

"대체 뭘 잘못 먹었느냐, 이놈아?"

한조산은 한심하다는 표정으로 물었다.

그가 보기에 이한성의 증상은 뭔가 훔쳐 먹다가 급체한 아이들과 흡사했다.

"아무것도……."

이한성은 고개를 흔들었다.

"그런데도 그런 증상이 나타났다는 말이냐?"

한조산은 눈 사이를 좁히며 이한성을 쳐다보았다.

급체라면 타혈법을 펼쳤을 때 무언가를 토해내야 하는데 처음부터 거품을 문 것 외에는 아무것도 토해내지 않았다. 그것이 좀 이상하기는 했다.

"굳이 먹었다면 대기를 잘못 먹었습니다."

"대기?"

이한성의 대답에 한조산은 이맛살을 찌푸렸다.

괴상한 놈이라 말도 괴상하게 한다는 생각이 들었다.

"알아듣게 말하거라, 이놈아!"

한조산이 목소리를 높였다.

"노인장의 숨을 따라 쉬었습니다. 그러다 보니 명치가 콱 막히며 더 이상 숨이 쉬어지지 않았습니다."

"내 숨을… 따라 쉬었다고?"

한조산은 어이가 없는 심정에 멍하니 이한성을 바라보기만 했다.

며칠 전 노인장처럼 숨 쉬는 법을 가르쳐 달라며 긴 이야기를 나누었던 놈이다. 그때 자신의 비밀이라 할 수 있는 부분까지 시시콜콜 얘기했다. 그래 놓고는 가르쳐 줄 수 없다는 한마디에 일말의 미련도 없이 등을 돌린 놈이다.

너무나 싱거운 기분에 헛웃음까지 흘렸는데 숨을 따라 쉬었다고?

"어떻게 따라 쉬었다는 말이냐? 네놈이 내가 어떤 운기(運

氣), 아니, 어떤 숨을 쉬는지 알고?"

목소리를 높이던 한조산은 순간적으로 며칠 전 이한성이 자신의 수폐음태경의 운기를 정확히 읽던 기억을 떠올렸다.

그렇다면 이놈은?

"노인장께서 하루에 몇 번씩은 평소와는 전혀 다른 숨을 쉬었습니다. 때로는 바위 위에 앉아 쉬는 모습으로 그랬고, 때로는 말갈기를 손질하면서, 그리고 어떤 때는 걸어 다니면서도 그런 숨을 쉬었습니다. 그렇게 하고 나면 노인장의 평소 숨결이 훨씬 더 도도해지고 깊어진다는 것을 알게 되었습니다."

"그래서 그것을 흉내 내었다고?"

한조산은 잡아먹을 듯이 이한성을 내려다보았다.

어쩐지 그때 너무 쉽게 물러나는 것 같더니 이런 속셈이 있었다는 말이다.

"죽고 싶으냐?"

한조산이 살기를 뿜으며 말했다.

"죽이시려면… 그때… 죽였어야죠."

이한성은 온몸을 조여 오는 살기에 숨을 헐떡이며 말했다.

"무어라?"

한조산의 눈이 세모꼴이 되었다.

"전 분명히 호흡을 읽을 수 있다고 노인장에게 세세히 밝

했습니다. 그리고 노인장의 호흡을 배우고 싶다고도 했습니다. 그걸 노인장께서 가르쳐 주셨으면 좋았겠지만 안 가르쳐 주신다면 내 방식대로 배우겠다는 말이었습니다. 그리고 그때 노인장께서 절 죽이시지 않은 것은 내가 알아서 배우는 것은 상관 않으시겠다는 뜻이 아닌지요?"

이한성의 말에 한조산은 말문이 막혀 한참 동안 아무 말도 하지 못했다.

어찌 보면 이한성의 말이 맞았다.

보고 있다는 것을 확실히 밝혔으니 훔쳐본 것도 아니다.

보고 있다고 했는데도 들킨 것은 자신이 부주의 때문이다.

황소 열 마리가 와도 못 당할 것 같은 놈으로 보았는데 안 된다는 한마디에 등을 돌린 것은 결코 물러난 것이 아니었다.

한 가지 방법이 안 되니 다른 방법으로 시도한 것이다.

그리고 그 시도는 절대로 멈추지 않을 것 같았다.

"그래, 네놈 말이 맞다. 네놈이 내 호흡을 읽는다는 것을 밝혔으니 훔쳐본 것이 아니다. 하지만 그것으로 모든 것이 이루어진다면 세상은 못 이룰 것이 없겠지. 네놈이 숨 쉬는 법이라고 생각하는 것은 단지 숨을 쉬는 것만이 아니다. 처음은 숨을 쉬는 것에서부터 시작하지만 그것은 곧 기를 이끄는 운기법이 되고, 그 운기의 매 순간마다 마음을 일치시키는 심법이 되는 것이지. 기를 이끌고 그 운기에 따른 마음을 합치시키지 못하면 그것은 백날 해보아야 헛수고다. 그뿐 아니라 오늘처럼 되어 비명횡사를 면치 못할 것이다."

한조산은 코웃음을 치며 말했다.

처음부터 유별난 놈으로 보이긴 했지만 이런 엉뚱한 짓을
벌일 줄은 몰랐다.

무공이라고는 무 자도 모르는 놈이 무턱대고 자신의 호흡
을 따라 하다니?

그건 마치 경공술을 몸으로 터득하겠다고 수십 장 절벽 위
에서 마구잡이로 뛰어내리는 것과 마찬가지다.

만약 자신이 나서지 않았다면 끝내 숨이 막혀 죽었을 것이
다.

"그건 몰랐습니다. 하지만 이제 알았으니 다음부터는 더
잘할 수 있을 것 같습니다."

이한성은 깊이 고개를 숙였다. 그리고는 며칠 전처럼 등을
돌려 대숲을 걸어나갔다.

한조산은 또 한 번 낮도깨비에 홀린 기분이 되어 멍하니 서
있었다.

뭐 저런 놈이 다 있단 말인가?

자신 앞에서 시위하려고 하는 행동이 아니었다.

자신이 절대로 가르쳐 주지 않을 것이라는 것을 처음부터
알고 스스로 뚫어 나가려 하고 있었다.

그런데 그것이 혼자서 뚫으려 한다고 뚫리는 것인가?

한조산은 고개를 절레절레 흔들었다.

“그래, 죽든 살든 내 알 바 아니다. 내가 가르치다가 잘못
된 것도 아니니 죽더라도 내 원망은 말아라.”

목소리를 높이는 한조산의 가슴으로 비수를 꽂는 듯한 아
픔이 스쳐 지나갔다.

‘저만 한 나이였지.’

한조산은 대숲을 완전히 벗어난 이한성의 등을 쳐다보았
다.

이한성의 모습과 겹치며 한 소년의 형상이 떠올랐다.

유난히 검을 좋아하고 검을 손에 들었다 하면 밥 먹는 것도
잊고 수련에 열중하는 아들이었다.

“아버지!”

아들의 목소리가 대숲에 이는 바람을 타고 귓전에 들려왔
다.

한조산은 화들짝 놀라며 신형을 돌렸다.

환청이었다.

그러나 그 목소리는 너무나도 생생하여 환청처럼 여겨지
지 않았다.

한조산은 사방으로 고개를 돌렸다.

그러나 그 어느 곳에도 아들의 모습은 보이지 않았다.

‘무공만 가르치지 않았어도……’

　지금까지 수천 번, 수만 번 후회하며 되뇌어온 말이지만 그
때마다 가슴은 더 찢어지는 것 같았다.
　한조산은 세차게 고개를 흔들었다.
　아들의 형상이 대나무 사이로 휘도는 바람을 따라 흩어졌
다.
　“후우―”
　한조산은 길게 한숨을 내쉬며 찢어질 듯 아픈 가슴을 달랬
다.
　‘망할 놈 같으니라고……’
　한조산은 대밭에서 이한성이 사라진 방향을 바라보며 석
상처럼 서 있었다.

第十三章
무공입문(武功入門)

　대밭에서 돌아온 이한성은 쓰러지듯 침상에 드러누웠다.

　한조산 앞에서는 별일 아닌 듯 일어나서 처소로 돌아왔지만 온 내장이 뒤틀리고 뼈마디까지 어긋난 기분이었다.

　한조산을 처음 본 후부터 만나서 대화를 할 때까지 이한성은 기회가 있을 때마다 한조산의 호흡을 살폈다. 그 때문에 한조산은 살기도 아닌 무언가가 계속해서 뒤통수를 따끔거리게 하는 기분을 느낀 것이다.

　한조산의 호흡은 언제나 대해처럼 잔잔하고 대하처럼 도도했다.

　그러나 어떻게 해서 저런 호흡이 가능한지 알 수가 없었다.

그러던 그의 호흡이 어느 순간 전혀 다르게 바뀌는 것을 발견했다.

처음 그걸 느낀 것은 일을 하던 한조산이 잠시 휴식을 취하느라 바위 위에 걸터앉았을 때다.

그때 한조산의 호흡은 평소의 도도한 흐름에서 벗어나 훨씬 더 느리고 길게 이루어졌다. 그러면서도 평소와는 전혀 다른 이상한 방향으로 몸 곳곳을 휘돌기 시작했다.

억지로 호흡을 이끌지 않는 이상 절대로 그런 호흡이 있을 수 없었다.

처음에는 무언가 잘못되어 그런 줄 알았다.

그러나 좀 더 살핀 결과 그것이 아니란 것을 알았다.

하루에 한두 번은 꼭 그런 식으로 호흡을 하였다.

대부분 잠시 휴식을 취하며 어디 앉아서 그렇게 했지만 바쁜 때는 천천히 걸어가면서도 그런 호흡을 했다.

그렇게 한조산은 하루에 몇 번씩은 평소와는 전혀 다른 식으로 호흡을 하였다.

이한성은 그것이 자신이 배우고자 하는 호흡이라는 것을 알았다.

대나무 숲을 찾은 이한성은 한조산의 호흡을 최대한 세세하게 떠올 한조산처럼 해보려고 했다. 자신의 처소 침상위에서 할 수도 있었지만 누군가 갑자기 들어오면 곤란한 일이었기에 한적한 대숲이 좋았다.

그가 하루에 몇 번씩 하는 호흡은 최대한 느리면서 길고도 길었다. 그리고 그것을 이상한 방향으로 흐르게 했다.

의도한 방향으로 흐르게 하는 것은 아직 어림도 없었다.

우선은 최대한 길고 느리게 호흡을 이끄는 법만 따라했다.

숨을 억지로 참는다는 것!

차라리 그건 쉬웠다.

하지만 천천히 쉬면서 길고 느리게 이끄는 것은 창자가 꼬이는 것처럼 어려웠다.

단 몇 번의 시도에 명치 부근이 뻐근해지고 나중에는 온 내장이 울렁거려 토악질을 할 것 같았다.

그러나 이한성은 이를 악물고 참으며 한조산의 호흡을 따라 하려고 기를 썼다.

처음에는 숨이 가빠 허파가 터질 것 같은 느낌이 들었다. 그러나 몇 번을 반복하고 나니 조금 편해지는 것 같았다.

이한성은 조금씩 더 느리고 길게 호흡을 이끌었다.

그래도 한조산에 비하면 십분의 일도 되지 않는 수준이었지만 조금씩 나아진다는 것을 위안으로 삼으며 끈질기게 매달렸다.

처음보다 두 배 정도 길게 호흡을 이끌게 되었을 때 이한성은 한조산이 했던 것처럼 이상한 방향으로 그 호흡을 이끌려고 했다.

그 순간 피가 머리끝으로 역류하는 느낌이 들었다. 그리고 명치끝에서부터 숨이 컥 막히며 온몸의 핏줄이 터져 나갈 것 같은 기분이 들었다.

핏줄이 터질 것 같은 찰나에 아랫배에서 무언가 기이한 열기가 일며 순식간에 그런 기운은 사라졌다. 그러나 숨이 막히는 현상은 어쩔 수 없었다.

거의 질식 일보 직전에 한조산이 달려와 숨을 틔워주었다.

한조산이 조금만 늦었어도 질식하여 죽었거나 내장이 꼬여 죽었을 것이다.

이한성은 그때의 기억을 되살리며 긴 한숨을 내쉬었다.

무작정 고수의 호흡을 따라 한다는 것이 얼마나 위험하고 무모한 짓인지 똑똑히 깨달았다. 하지만 그것이 두려워 여기서 포기할 순 없었다.

한조산의 신속한 처치가 자신을 살렸다.

그러나 그것보다 우선한 것이 있었다.

한조산이 도착하기 이전에 아랫배에서 솟아오른 기이한 기운!

그것이 우선적으로 자신의 목숨을 구했다.

그 기운이 아니었으면 한조산이 도착하기도 전에 핏줄이 모두 터져 죽어버렸을 것이다.

천호연으로부터 위험천만하다고 진단받은 기운이었다.

그러나 그 기운은 위기의 순간마다 솟아올라 자신의 몸을 보호해 주고 있다.

개울물에 빠져 얼어 죽을 정도의 추위 속에서는 온몸을 데 워주어 물에 젖은 옷을 순식간에 마르게 해주었고, 한달음에 뒷산 꼭대기까지 뛰어올라도 숨 하나 가쁘지 않게도 했다. 또 한 탈골된 어깨도 단 며칠 사이에 깨끗이 낫게 해주었다.

그리고 오늘은 핏줄이 터져 나갈 것 같은 기운을 억누르며 보호해 주었다.

산동제일의 천호연이 틀렸다고는 생각하지 않는다.

천호연은 그 기운이 한꺼번에 폭발하는 최악의 경우에 대 한 위험성을 경고한 것이다. 그때는 걷잡을 수 없는 파국의 결과를 맞을 것이라고 했다.

그러나 그렇게 하고 싶은 생각은 추호도 없다. 아니, 지금 으로써는 그렇게 하고 싶어도 바위처럼 단단하게 뭉친 기운 을 한꺼번에 폭발시킬 방법도 없다.

천호연이 말한 그런 파국적인 경우만 피한다면 아랫배에 웅크리고 있는 기운은 보통 사람들은 상상도 못할 정도로 자 신의 능력을 더 강하게 해주고 있었다.

그 점을 최대한 이용할 것이다.

약점을 장점으로 돌리며 앞을 막은 장애물을 하나하나 부 수어 나갈 것이다.

눈이 안 보이는 것이 최대의 약점이지만 그것을 제외하면 모든 것이 장점이었다.

눈이 안 보이는 대신 전혀 새로운 눈을 얻었다.

그 새로운 눈은 보통의 눈으로 보지 못하는 것들을 모두 꿰뚫어 볼 수 있다.

그것은 다른 사람들 입장에서는 공포스런 능력일 것이다.

그것을 최대한 장점으로 살려 나갈 것이다. 또한 아랫배, 아니, 무인들은 그것을 단전이라고 불렀다.

단전에 쌓인 기운을 최대한 이용하여 무공을 익혀 나간다면 남들보다 몇 배는 더 빨리 배울 수도 있을 것이다.

사고를 당하고 시력을 잃었지만 무공을 익히는 일에는 가공할 정도의 능력을 얻은 것이다.

이한성은 긴 한숨을 내쉬었다.

그 모든 것은 차차 해나갈 일들이고 우선은 온몸을 뒤틀리게 만들고 있는 이 통증부터 가라앉혀야 했다.

이한성은 한조산이 질식 일보 직전에 달려와 가슴 여러 곳을 두드리며 숨을 틔워주던 그 타격 부위를 떠올렸다.

단 한 곳도 남김없이 환하게 떠올랐다.

절체절명의 순간이었기에 그것은 훨씬 더 생생하게 뇌리에 남아 있었다.

탁탁— 타다닥!

이한성은 한조산이 두드리던 순서대로 가슴과 아랫배 등을 두드렸다.

무언가 시원한 느낌이 들며 내장이 꼬이는 듯한 기운이 훨씬 사그라졌다.

이것은 필시 혈을 다스려 막힌 기운을 뚫는 것이리라.

좌르르—

이한성은 두루마리 종이 한 장을 펼쳤다.

그곳에는 서투르지만 세세하게 인체의 혈도에 관한 그림이 그려져 있었다. 그리고 그 그림의 테두리에는 송곳으로 점선 모양의 구멍이 뚫려 있었다. 또한 그림 곳곳에도 수많은 구멍이 뚫려 있었다.

그것은 하수린이 이한성을 위해 그려준, 아니, 만들어준 것이다.

눈이 보이지 않으므로 손끝의 감촉을 통해 그림을 가늠하기 위한 것이다.

산동제일의 천호연으로부터 들은 혈도에 대한 설명과 그것을 토대로 하수린에게서 배운 혈도의 위치들을 송곳을 사용해 주요 대혈(大穴)은 구멍 두 개로 표시하고 그렇지 않은 혈은 구멍 한 개로 표시했다.

그런 후 하수린은 그것을 이한성에게 일일이 불러주며 외우게 했다.

처음에는 힘들었지만 차츰 손에 익게 되자 이한성은 대혈들의 위치는 물론이고 다른 혈들도 거의 다 외웠다. 또한 그 혈의 역할도 머릿속에 익혀나가는 중이었다.

스슥—

이한성은 손끝으로 송곳 자국들을 훑어 나갔다.

이미 머릿속에 대부분 그려져 있는 것이지만 영원히 기억하기 위해서는 계속적인 반복이 필요하다.

이한성은 손끝으로 한조산이 두드렸던 부위들을 따라갔다.

그곳은 어김없이 대혈이 위치하는 곳이었다.

이한성은 반복해서 그 혈들을 머릿속에 떠올리며 머릿속에 새겼다.

다시 숨이 막히면 이제 자신의 손으로 그 혈을 두드려 숨을 틔울 생각이었다.

물론 숨이 막히는 순간 사지가 오그라들어 제대로 움직일 수 없다면 그대로 질식사할 것이지만 그건 하늘에 맡길 뿐이다.

타다닥— 탁탁!

이한성은 머릿속에 기억하고 있는 혈들을 빠르게 두드렸다.

두드릴 때마다 온몸이 뒤틀리는 느낌이 훨씬 줄어들며 시원한 기분마저 들었다.

이한성은 계속해서 한조산이 두드리던 순서 그대로 혈을 두드려 나갔다.

그것이 타혈법(打穴法)이라는 것은 들은 적이 있지만 자신이 직접 할 줄은 몰랐다.

얼마나 시간이 흘렀는지도 잊은 채 혈을 두드린 이한성의 몸은 어느새 땀으로 흠뻑 젖어 있었다.

어느 순간 온몸이 나른해지며 이한성은 정신을 잃은 듯 깊은 잠에 빠져들었다.

죽은 듯한 잠에서 깨어나자 온몸이 날아갈 듯 가벼웠다.

이한성은 길게 들숨과 날숨을 쉬어보았다.

명치끝이 뻐근하게 조여오던 통증도 느껴지지 않았다. 그리고 온 뼈마디가 쑤시는 느낌도 사라졌다.

깊은 숙면과 함께 몸은 빠르게 정상으로 돌아온 것이다.

그런데 얼마나 잤을까?

이한성은 주변으로 신경을 집중시키며 시간을 어림해 보았다.

대밭에서 한조산의 호흡을 따라 하다가 죽을 고비를 넘기고 숙소로 돌아온 온 것이 점심나절이 다 되어가서였다. 그때부터 죽은 듯이 잠이 들었으니 지금은 저녁이나 아니면 다음 날 아침일 수도 있었다.

마침 밖에서 인기척이 들렸다.

"들어가도 돼?"

하수린의 목소리였다.

"들어와."

이한성의 대답이 끝나기도 전에 하수린이 토끼처럼 날렵하게 방으로 들어왔다.

“아침부터 낮잠을 잔 모양이네?”

침상에 앉아 있는 이한성을 보며 하수린은 의외라는 표정으로 말했다.

눈은 안 보이지만 그동안 단 한시도 게으름을 피우지 않는 이한성이었다. 그런데 지금은 부스스한 모습으로 맥을 놓고 앉아 있었다.

“아침이라고?”

이한성은 어리둥절한 기분에 하수린의 다음 말을 기다렸다.

지금이 아침이라면 어제 낮부터 하루를 꼬박 잤단 말인가?

“점심때가 다 되어가니 아침은 아니네. 하지만 낮잠은 의외인걸. 호호!”

하수린은 꾀꼬리 같은 목소리로 웃었다.

“내가 얼마나 잤지?”

이한성은 이해되지 않는 심정에 질문을 던졌다.

하루를 꼬박 잤다면 낮잠이라는 표현을 쓰지 않았을 것이다. 점심과 저녁, 그리고 오늘 아침까지 건너뛰며 어떻게 그렇게 잘 수가 있느냐고 호들갑을 떨었을 것이다.

“글쎄, 아침은 같이 먹었으니 그 뒤 곧바로 잠이 들었으면 한 시진 정도 되겠지?”

하수린의 대답에 이한성은 멍한 기분이 들었다.

그녀의 말대로 아침은 같이 먹었다. 그 후 차를 마시고 애기를 좀 나누다 그녀는 돌아갔고 자신은 대숲으로 향해 죽을 고비를 넘겼다. 그리고 숙소로 돌아와 한조산이 행한 수법을 따라 하다가 죽은 듯한 잠에 빠져들었다.

그 시간을 모두 감안한다면 자신이 잠든 시간은 채 일각이 되지 않는다.

일각이라면 차 한 잔 마실 시간보다 조금 길다.

그런데 하루 종일 죽은 듯이 푹 잔 것 같은 느낌이 들었다. 그리고 온몸이 날아갈 듯 개운했다.

단 일각의 짧은 시간이 하루 종일 깊은 수면을 취한 것 같은 느낌이 들게 했다는 말이다.

그건 스스로도 믿어지지 않는 엄청난 회복력이었다.

장점이 한 가지 더 추가되었다.

이런 회복력이라면 아무리 힘든 일을 해도 단 일각만 쉬고 나면 처음처럼 팔팔해질 것이다. 그렇다면 남들보다 훨씬 더 많은 일을 할 수 있다.

"멋지군!"

이한성은 자신도 모르게 중얼거렸다.

"멋지다니, 뭐가?"

하수린이 눈을 동그랗게 뜨며 이한성을 쳐다보았다.

이한성은 웬만한 일에는 감정을 드러내지 않았다.

아무리 실망스런 상황이라도 단 한 점의 실망감도 드러내지 않았다. 그런데 멋지다니?

하수린은 자신의 옷차림을 살폈다.

아침을 같이 먹고 차를 마실 때와 똑같은 차림이다. 설사 다른 차림이었다고 해도 시력을 잃었으니 알아차릴 리도 없다.

그렇다면 멋지다는 말은 자신에게 한 말이 아니었다.

"뭐가 멋지다는 거야?"

하수린은 다시 물었다.

"아니. 그냥 잠이 덜 깬 모양이야."

이한성은 정신을 차리려는 듯 고개를 몇 번 흔들었다.

"오늘은 정말 이상하네. 낮잠에 헛소리도 하고, 고개도 막 흔들고. 호호호!"

하수린은 다시 꾀꼬리처럼 웃었다.

그녀의 목소리는 언제나 꾀꼬리 같았다.

특히 웃을 때는 온 세상이 따라 웃는 것 같은 착각이 들게 한다.

처음에는 음성 한쪽 끝에 깊은 절망의 기운이 스며 있었지만 지금은 전혀 그런 기운이 느껴지지 않는다.

그녀는 눈도 보이지 않은 자신이 해준 약속을 철석같이 믿고 있는 것이다.

그 약속을 믿고 모든 걱정을 떨쳐 버린 채 열네 살 소녀 본연의 모습으로 해맑게 웃고 있었다.

그 웃음을 지켜주고 싶었다.

그리고 바라보고도 싶었다.

이한성은 속으로 표시 나지 않게 한숨을 내쉬었다.

"왜 또 그렇게 쳐다봐?"

하수린이 핀잔 어린 목소리로 말했다.

이번에도 역시 얼굴을 정면으로 향하지 않았는데도 하수
린은 이한성이 자신을 응시하고 있다는 것을 느낀 모양이다.

"아닌데?"

이한성은 시치미를 떼었다.

"오늘은 거짓말도 하네. 호호!"

하수린이 다시 꾀꼬리처럼 웃었다.

"네가 날 깊이 쳐다볼 때는 느낌이 와. 설사 넌 의식하지
못하고 있어도 난 알 수 있어."

잠시 후 하수린은 정색을 하고 말했다.

이한성은 아무런 대꾸도 못하고 하수린에 집중하던 신경
을 분산시켰다.

"이젠 그 느낌이 옅어졌어."

하수린의 말에 이한성은 다시는 이런 시치미를 뗄 수 없겠
다고 생각했다.

"책을 한 권 구해왔어."

하수린은 무의식적으로 이한성에게 책을 내밀다가 움찔하
며 말했다.

"큰오빠에게 부탁해서 고서점에서 사 온 건데… 요즘 네가

공부하고 있는 혈에 관해 다른 설명이 적혀 있는 책이야."

하수린은 들고 있던 책을 들추며 자신이 접어두었던 곳을 펼쳤다.

"그런데 이걸 새로 익히기 전에 복습을 좀 하는 게 좋겠어. 그래야 뒤죽박죽 안 섞이지."

생각을 바꾼 하수린은 그동안 이한성에게 설명해 주었던 대혈들에 관해 그 명칭과 위치, 작용 등에 관해 질문을 던졌다.

주요 대혈들에 대해서는 특히 신경을 많이 썼기에 이한성은 아무런 막힘 없이 하수린의 질문에 답했다.

하수린은 다음으로 수많은 세혈에 관해서도 대혈과 마찬가지로 질문했다.

이한성은 그것들에 대해서도 마치 책을 읽듯이 빠뜨리지 않고 답변했다.

"세상에……!"

마침내 하수린이 비명 같은 탄성을 토했다.

"어떻게 그걸 한 번에 그렇게 다 기억할 수가 있어?"

하수린은 놀란 눈으로 이한성을 쳐다보았다.

시력을 잃지 않고 책을 거듭 읽어서 반복적으로 외운 것이라면 이해가 되었다. 그렇게 하더라도 이런 기억력이면 감탄이 나올 것이다. 그런데 이한성은 혼자서는 반복적으로 학습이 불가능했다. 처음 한 번 설명해 준 것을 듣고 그것을 그대로 외워야 하는 처지이다.

그렇게 하려면 기억력도 기억력이지만 고도의 집중력도 가미되어야 했다.

물론 그 점을 감안하여 처음 읽어줄 때 몇 번을 반복해서 들려주었다. 그것을 토대로 이한성은 거의 완벽하게 기억하고 있었다.

"보이는 것이 없으니 신경이 분산되지 않아 기억에만 집중해서 그런 것 같아."

이한성은 대수롭지 않게 답했다.

하지만 대답과는 달리 그동안 피나는 노력이 있었다.

외우다가 생각나지 않는 부분을 다시 볼 수 없다는 사실 때문에 하수린이 설명해 줄 때 젖 먹던 힘까지 다 짜내어 집중을 했다. 그리고 하수린이 돌아가고 난 직후부터 수없이 반복하며 뇌리에 각인시키려 했다.

눈이 보이지 않으면서 뇌리에 그림처럼 기억을 하는 능력은 엄청나게 높아졌다.

시력을 잃은 얼마 후, 자신의 방 벽에 나무 송곳을 박아놓고 기억한 후 그것을 뽑아 다른 곳에 꽂으며 순식간에 기억을 재구성하던 노력으로 그런 능력은 몇 배로 늘었다.

그 결과 지금 하수린의 질문에 막힘없이 답할 수 있었던 것이다.

"좋은 환경에 태어나 공부를 했으면……"

하수린이 안타까운 음성과 함께 말끝을 흐렸다.

"그런데 그 책에는 뭐라고 적혀 있어?"

이한성은 화제를 돌렸다.

"내 정신 좀 봐!"

하수린은 얼른 새로 구해온 책을 펼쳤다.

"내가 읽어보니 대부분 지금까지 공부한 것과 비슷하고, 몇 가지 부분은 그동안 몰랐던 효력에 대한 설명들이 적혀 있어. 그리고 특히 사혈에 대한 설명이 많은 것 같으니 이것도 기억해 두는 게 좋을 것 같아."

하수린은 자신이 표시해 놓은 곳들을 펼쳐 반복적으로 읽어주었다.

이한성은 숨도 크게 쉬지 않고 하수린의 설명에 집중하며 뇌리에 각인시켜 나갔다.

"잠시만!"

어느 순간 이한성은 하수린의 말을 끊었다.

하수린의 설명 중에 무언가 뇌리를 자극하는 것이 있었다.

사혈에 대한 설명이었는데, 그것은 한조산의 호흡을 따라 하던 중 숨이 턱 막혔던 부분과 위치가 비슷했다.

이한성은 그 혈에 대한 설명을 한 번 더 부탁했다.

고개를 끄덕인 하수린은 좀 더 천천히 또박또박 설명을 읽어 나갔다.

'그렇군!'

이한성은 순간적으로 머리가 맑아지는 기분을 느꼈다.

숨이 컥 막혔던 이유를 알 것 같았다.

방금 하수린이 설명해 준 사혈 한곳을 다른 혈과 착각하여 그곳으로 호흡을 불어넣은 것이다.

두 개의 혈이 위치가 비슷하여 자칫 잘못하면 호흡이 사혈 쪽으로 흘러들어 갈 수 있었다.

그 사혈을 자극하면 숨이 컥 막히며 잘못하면 즉사할 수도 있다고 했다. 그래서 무인들은 서로 공격할 때 그곳을 노린다고도 했다.

그때 대밭에서 일천한 지식으로 한조산의 호흡을 따라 할 때 그 사혈들로 호흡이 흘러들어 간 것이 틀림없었다.

이한성은 나직하게 한숨을 쉬었다.

만약 하수린이 오늘 새로운 책을 사 들고 와서 사혈들에 대한 설명이 없었다면 똑같은 실수를 반복했을 것이다. 그에 대비해서 한조산의 타혈법을 익혔지만 그 순간 그것이 제대로 통할지는 알 수 없었다.

이젠 그 원인을 알았으니 쉽게 그런 상황에 빠지지는 않을 것 같았다.

하지만 다른 위험은 앞으로 계속해서 반복될 것이다.

그렇다고 그것이 겁나 멈출 수는 없었다.

문제가 생기면 그때 다시 다른 방법을 강구하면 되었다.

"왜? 무슨 문제라도 있어?"

하수린이 의구심 어린 표정으로 이한성을 쳐다보았다.

"아니. 사혈들에 대해서 처음부터 다시 읽어봐. 놓친 데가 있어서 그래."

이한성의 요구에 하수린은 사혈의 설명을 조금 천천히 또박또박 읽었다.

이제까지의 책에서는 사혈보다는 주요 대혈이나 특정 질병에 치유의 효과가 있는 혈들에 대해 집중적으로 설명이 되어 있었다.

그건 천호연의 서재에서 구한 책들이었기 때문이다.

병을 치료하는 의원인 그는 사혈은 등한시하고 치유 혈들에 대해서 집중적으로 연구를 하였기 때문이리라.

하지만 지금 하수린의 손에 들린 책에는 사혈에 대한 설명이 가득했고, 그것들은 이한성에게 주요 대혈들에 대한 설명만큼이나 중요했다.

하수린이 몇 번을 반복해 읽어주는 동안 이한성은 사혈들의 특징과 그 위험성에 관해 주요 대혈들보다 더 신경을 써서 뇌리에 각인시켰다.

"이제 됐어. 필요하면 다음에 다시 한 번 읽어달라고 할게."

이한성은 사혈들에 대해 모두 설명을 들은 다음 그 자리에 앉아 들은 것을 반복적으로 되뇌었다.

설명을 들은 즉시 몇 번이고 반복을 해두어야 한다. 그래야 잊어먹지 않는다.

이한성이 몇 번이고 머릿속에서 되뇌는 동안 하수린은 아무 말 하지 않고 가만히 앉아 있었다.

이한성이 어떤 방식으로 그것을 다 기억하는지 이제는 알 것 같았다.

궁하면 통한다는 말이 있다.

그러나 이런 경우에는 그것보다는 노력이 천재를 만든다는 말이 더 어울릴 것 같았다.

기억력이 좋은 점도 있겠지만 자신의 역경을 역이용하여 필사적으로 달려들기에 그것이 가능한 것이다.

근 이각에 걸쳐 하수린이 설명한 것을 되새김질하던 이한성은 몸을 일으켰다.

"다 된 거야?"

하수린이 물었다.

이한성은 말없이 고개를 끄덕였다.

"천재네. 난 몇 번은 되물어볼 줄 알았는데."

하수린이 농담을 던졌다.

"처음 들을 때 정신을 집중한 덕분이야."

촤르르―

이한성은 두루마리 그림을 펼쳐 손으로 더듬어 그곳에 새로이 익힌 사혈들의 위치에 송곳으로 구멍을 내었다.

조금 어긋나는 곳은 하수린이 수정해 주었지만 대부분 정확한 위치에 표시했다.

"다 됐으니 이젠 점심을 먹도록 해. 벌써 한참 지났어."

하수린은 두루마리를 돌돌 말은 후 이한성의 팔을 잡고 식당으로 이끌었다.

하수린과 점심을 먹고 처소로 돌아온 이한성은 손끝으로 두루마리에 그려진 혈도의 위치들을 꼼꼼히 짚어 나갔다.

그동안 하수린과 열심히 공부한 결과 이젠 원하는 곳은 단 한 번에 짚을 수 있도록 훤히 꿰뚫게 되었다.

특히 위험한 사혈의 위치는 꿈에서도 떠오를 정도로 완벽히 기억하고 있었다.

그렇게 송곳 자국으로 그린 혈도 그림에서 그 위치들을 반복해서 각인시키다 보니 어느새 그 느낌은 자신의 몸에 전이되었고, 대혈들에 한해서는 어렴풋이나마 자신 몸에 있는 혈도를 느끼는 정도까지 이르렀다.

보통 사람이라면 도저히 불가능한 일이겠지만 자신의 몸 속도 관조할 수 있는 눈을 가졌기에 그것이 가능했다.

처음에는 다른 부분이나 혈의 차이점을 발견할 수 없었다. 그러나 혈의 위치를 반복에 반복을 거듭하며 뇌리에 각인시키고 그곳을 관조하자 호흡의 흐름이 어느 부분에서는 조금 더 빨라진다는 사실을 알 수 있었다.

그곳이 바로 혈이었다.

그것을 깨닫는 순간 혈의 위치를 스스로 느낄 수 있었다.

무공에 입문하여 축기(蓄氣)를 이루고 몇 년이 지나 미흡하나마 운기를 할 때서야 비로소 느낄 수 있는 성취를 이한성은 며칠 사이에 이룬 것이다.

누군가 그것을 안다면 경악성을 지를 일이었지만 이한성은 스스로도 인식하지 못한 채 대숲으로 걸음을 옮겼다.

잠시 후 대숲 깊은 곳에 자리를 잡은 이한성은 주변을 살폈다.

자신이 이곳에서 수련하는 모습은 다른 사람에게 보이고 싶지 않았다.

다른 사람의 호흡을 보고 무작정 따라 한다는 것은 수련이라고 할 수도 없는, 어찌 보면 황당무계한 짓일지도 몰랐다. 그러기에 누구에게도 들키지 않고 자신만의 비밀로 하고 싶었다.

물론 한조산은 알고 있었지만 오늘은 그도 일이 있어 어디 나갔다는 말을 하수린으로부터 들었다.

가르쳐 달라는 자신의 부탁을 거절한 이상 그에게 일말의 기대도 가져서는 안 된다. 그래서 그가 없는 시간에 이곳으로 온 것이다.

저번에는 그의 도움으로 목숨을 건졌지만 이젠 그런 상황에 안 빠지도록 하수린과 함께 만반의 준비를 했다.

이한성은 주변을 살피며 곤두세웠던 신경을 이완시켰다.

그리고는 한조산처럼 최대한 들숨을 빨아들였다가 또 그렇게
내뱉었다.

스무 번 정도를 그렇게 했을 때 이한성은 명치가 칼로 째는
듯한 느낌과 함께 창자가 꼬이는 듯한 통증을 같이 느끼며 가
죽 북이 터지듯 숨을 토해냈다.

세상이 뱅뱅 도는 기분이다.

만약 시력을 잃지 않았다면 하늘이 노랗게 보일 것이다.

속이 뒤집히는 기분이 들며 욕지기가 치솟아 올랐다.

이한성은 그대로 대숲 바닥에 드러누웠다.

바닥에 깔린 댓잎이 침상처럼 푹신하였지만 내장이 꼬이
듯 조여오는 느낌에 그것마저 의식할 수 없었다.

탁탁탁!

이한성은 한조산이 하던 것처럼 자신의 가슴과 배 부위를
두드렸다.

한참을 그렇게 누워서 타혈술을 펼치자 명치와 아랫배의
통증이 잦아들었다.

이한성은 비로소 편하게 숨을 쉬며 제정신을 차릴 수가 있
었다.

통증이 사라지자마자 이한성은 다시 가부좌를 틀고 똑같
은 방식으로 호흡에 매달렸다.

이번에는 채 열 번도 하기 전에 명치를 불화살로 지지는 듯
한 통증이 몰려왔다.

이한성은 다시 타혈술을 펼친 후 호흡에 매달렸다.

세 번째는 채 다섯 번을 하지 못하고 먹은 것을 모조리 게워냈다.

심한 기침과 함께 이한성은 재차 바닥에 드러누웠다.

무작정 남의 호흡을 따라 한다는 것은 한조산의 코웃음처럼 말이 안 되는 것 같았다.

저번처럼 호흡이 사혈로 흘러들어 숨이 컥 막히며 핏줄이 모두 터질 듯한 사고는 당하지 않았지만 명치와 아랫배를 째는 듯한 통증은 전혀 나아지지 않았다. 거듭할수록 더 심해졌다.

이한성은 물밀 듯 밀려오는 패배감과 절망감에 넋을 놓고 멍하니 누워 있었다.

스스스—

사각사각!

대나무 잎이 바람에 스치는 소리가 악기의 음률처럼 귓전을 감돌았다.

자신이 살던 마을에도 대나무 밭이 있었다.

대나무 밭은 바람의 놀이터였다.

밖은 고요해도 대나무 밭은 언제나 바람이 감돌았다.

그 속에서 또래들과 놀던 때가 생각났다.

아주 어린 시절의 기억이다.

조금 더 커서부터는 약초를 캐러 다니느라 그렇게 한가하게 놀 수도 없었다.

스스스—

사라락!

다시 바람이 대나무 가지 사이로 맴돌아 나갔다.

정수리에 신경을 집중하자 바람의 모습이 보이기 시작했다.

어떤 인간의 호흡보다 더 깨끗하고 하얀 바람이 대나무 이파리 사이로 맴돌다 빠져나갔다.

바람은 한 점 막힘이 없었다.

너무도 부드럽고 자유스러웠다.

하수린의 몸속으로 들어온 바람도 저렇게 막힘없이 자유롭게 흐른다면 하는 생각이 들었다.

그렇게 된다면 하수린은 정상적인 사람처럼 건강해지고 수명도 연장될 것이다.

그렇게 될 날이 꼭 올 것이다.

그런 생각을 하던 이한성은 문득 대나무 가지와 이파리 사이로 흘러 나가는 바람이 한조산의 숨결과 닮았다는 생각을 했다.

한조산의 숨결은 대하처럼 도도하고 고요했지만 그 속에는 저런 잔잔함이 같이 흐르고 있었다.

이한성은 무언가 강하게 뇌리를 스치는 것이 있어 벌떡 일어나 대나무 숲을 빠져나가는 바람에 온 신경을 집중했다.

‘어쩌면…….’

어쩌면 대해같이 잠잠하고 대하의 흐름처럼 도도한 한조산의 호흡은 대나무 가지 사이로 빠져나가는 잔잔하고 자유스런 바람들이 모여서 그렇게 된 것일지도 모른다는 생각이 들었다.

처음부터 한조산의 호흡을 따라 한다는 것은 절대로 불가능했다.

그것을 따라 하려다가 죽을 고비를 넘겼다.

다시 해도 마찬가지일 것 같다는 생각이 들었다.

무작정 대하의 흐름처럼 길고 강하게만 쉬다 보면 명치끝이 칼로 찌른 듯 아프고 창자가 꼬이는 것 같은 통증에 지금처럼 주저앉을 것이다.

대하의 흐름처럼 도도한 한조산의 숨결 속에 감춰진 대나무 숲을 빠져나가는 바람처럼 잔잔하고 자유스런 흐름들!

먼저 그것부터 따라 하는 것이 옳을 것 같았다.

그리고 그것들을 모아나가면 언젠가는 한조산처럼 굵고 도도하게 호흡할 수 있을 것이다.

이한성은 다시 가부좌를 틀고 자세를 가다듬었다. 그리고는 천천히 들숨을 빨아들였다.

대나무 숲을 맴돌아 나가듯이 부드럽고 자유로운 바람이 이한성의 단전을 쉼 없이 드나들었다. 그렇게 하자 통증은 사라지며 몸과 마음이 부드럽게 이완되었다. 뒤이어 몸이 깃털처럼 가벼워지는 것 같았다.

한조산의 호흡을 당장 따라 할 수는 없겠지만 이런 식으로 계속해서 정진한다면 언젠가는 그렇게 될 것도 같다는 자신감이 온몸을 가득 채웠다.

이한성은 자신의 몸이 한줄기 바람으로 변해가는 기분과 함께 계속해서 호흡에 매달렸다.

『무정철협』 2권에 계속…